古典文學研究輯刊

十四編

曾永義 主編

第13冊

《紅樓夢》悲劇意識研究

汪品潔 著

國家圖書館出版品預行編目資料

《紅樓夢》悲劇意識研究／汪品潔 著 — 初版 — 新北市：花木
蘭文化出版社，2016〔民 105〕
目 4+122 面：19×26 公分
（古典文學研究輯刊 十四編；第 13 冊）
ISBN 978-986-404-813-7（精裝）
1. 紅學 2. 研究考訂
820.8   105014957

古典文學研究輯刊
十四編　第十三冊   ISBN：978-986-404-813-7

《紅樓夢》悲劇意識研究

作　　者　汪品潔
主　　編　曾永義
總 編 輯　杜潔祥
副總編輯　楊嘉樂
編　　輯　許郁翎、王筑　美術編輯　陳逸婷
出　　版　花木蘭文化出版社
社　　長　高小娟
聯絡地址　235 新北市中和區中安街七二號十三樓
　　　　　電話：02-2923-1455／傳真：02-2923-1452
網　　址　http://www.huamulan.tw 信箱 hml810518@gmail.com
印　　刷　普羅文化出版廣告事業
初　　版　2016 年 9 月
全書字數　105307 字
定　　價　十四編 21 冊（精裝）新台幣 36,000 元

《紅樓夢》悲劇意識研究

汪品潔 著

作者簡介

汪品潔，1984 年生，高雄人。國立高雄師範大學國文學系學士、碩士。

曾經，將論文的完稿視爲人生階段性的終點，而今論文付梓，竟意外啓動原已靜止的時間，重塑了想像之外的新起點。謝謝一起陪我走過論文旅程的人們，因爲你們，偏執如我，終能看懂一些苦澀與美好。

提　　要

本文援引亞里斯多德（Aristoteles）、黑格爾（Georg Wilhelm Friedrich Hegel）、叔本華（Arthur Schopenhauer）之悲劇理論，試論《紅樓夢》悲劇意識之呈現，並援用《紅樓夢》續書《後紅樓夢》爲例，觀察當代對《紅樓夢》悲劇之理解。

《紅樓夢》中所有的衝突悲劇，無論是男性與女性、上層與下層、榮府與寧府，終有一方會趨向毀滅，甚至兩敗俱傷，而達到黑格爾所謂的「和解」。「太虛幻境」的預言，如同「神諭」一般，是一種無法違拗的命運預示。從叔本華的「人生悲劇論」觀之，《紅樓夢》中的每個人物都無法逃離現實中的痛苦或空虛，惟有在藝術生活中能獲得短暫的幸福。世上沒有常駐的事物，美會毀滅，永恆無望，時空的「有限性」帶來極度的焦慮與無奈。《紅樓夢》大部分的續書作者秉持一種彌補的創作心理來進行「補憾」書寫，將《紅樓夢》改寫成世俗所謂圓滿的作品。續書作者必須先認定《紅樓夢》爲一部悲劇，才能夠創作出以「補憾」爲目的之續書作品，此可視爲《紅樓夢》悲劇意識之印證。

目次

第一章 緒 論

第一節 研究動機與目的

一、研究動機

與《紅樓夢》結緣甚早。

小學二年級，偶然得到一本坊間改寫的《紅樓夢》，是本二手書，質地有些粗糙，我還記得封面畫了寶玉、黛玉葬花的情節，起初我把它當成一般中國古典傳說一類的故事書來讀，並沒有想到這會是我閱讀經驗裡一次意外的挫敗。當時的我約莫連中高年級的故事書也是讀得的，可是這本《紅樓夢》竟讓我無法卒讀，我僅只看了前面一些，又看得不甚明白，索性也就棄置一旁。後來這本書被我收在書架底層，忘了很久。小學五年級，我竟又得到另一本坊間改寫的《紅樓夢》，這本書喚起我那《紅樓夢》未了的往日記憶，因此，我又回頭去把那本《紅樓夢》翻了出來，兩本對照著看。這次，我著實讀完了，些許懂得它說了一個什麼樣的故事，只是仍覺得這本書與其他的故事書不太一樣，心裡隱約有一股說不上來的感覺。多年以後，才明白那是一種悵然。

中學、大學期間陸續把《紅樓夢》原文讀畢，《紅樓夢》從此成為一部我最喜愛的古典小說，若逢閒暇，每每隨意翻讀一回，每回的閱讀都訝異自己還能夠產生新的體會，故當面臨尋找論文題目的焦躁時刻，便很直覺地想起《紅樓夢》這部書。紅學的研究成果已然汗牛充棟，然而筆者之學力十分有限，無能企及紅學的雄偉高度，故本論文其實較接近於嘗試解答自身疑惑

的歷程，回到自我閱讀《紅樓夢》的初衷：當時的那股悵然所爲何來？常見一些紅學評論形容《紅樓夢》是一部悲劇作品，〔註1〕那麼「悲劇」是否即是湧現悵然之感的原由呢？作者曹雪芹下半生潦倒不堪，既無入世好好做人的野心，也無出世隔絕紅塵的勇氣。他的道德勇氣完全放在寫《紅樓夢》上。〔註2〕這樣一部末世輓歌、懺情之作，讓全書籠罩在一股感傷的基調當中，〔註3〕令人悵然理當其來有自，然而這股悵然能否以「悲劇」來作詮釋？有學者也曾經對此看法產生懷疑：

> 《紅樓夢》是否也可算是悲劇藝術作品？一般國人總以《紅樓夢》爲一反大團圓式結局的形式來論定它具有悲劇性。然而，這個定論似乎還具有很大的爭議性，爭議之處乃在對「悲劇性」或「悲劇」一詞的定義顯得不夠周延。畢竟悲劇及悲劇理論產生於西方，既然談到有關悲劇的概念或議題，就必須審慎的以西方的悲劇理論爲依據來檢驗它，才能作進一步的確立。〔註4〕

《紅樓夢》究竟是不是「悲劇」作品，在上述的定義下反倒出現了探討的空間，上述學者質疑它與悲劇理論之間的爭議；有的學者則認爲《紅樓夢》已達極大限度的悲壯之美；〔註5〕有的學者甚至肯定《紅樓夢》的悲劇意識擺脫了傳統悲劇意識的柔性，而呈現出剛性，也就是接近西方悲劇精神。〔註6〕總結上述，這些議論讓筆者產生興趣去爲《紅樓夢》的悲劇意識作出詮釋，因此遂以〈《紅樓夢》的悲劇意識〉爲本論文之主題。

本文除以西方悲劇理論來詮解《紅樓夢》之外，另援用《後紅樓夢》來

〔註1〕例如王國維形容《紅樓夢》「可謂悲劇中之悲劇也」。詳見王國維：《紅樓夢評論》，收錄於《紅樓夢藝術論‧甲編三種》（臺北：里仁書局，1984年），頁15。

〔註2〕夏志清：《夏志清文學評論經典：愛情‧社會‧小說》（臺北：麥田出版‧城邦文化事業股份有限公司，2007年），頁35～36。

〔註3〕《紅樓夢》瀰漫著一股感傷基調：不可避免的沒落、崩潰、敗亡，帶有情幻的虛無色彩。詳見李希凡：《沉沙集——李希凡論紅樓夢及中國古典小說》（北京：文化藝術出版社，2005年），頁476。

〔註4〕鄭文娟：〈《水滸傳》悲劇意識研究〉（國立高雄師範大學回流中文碩士班碩士論文，2008年），頁174。

〔註5〕《紅樓夢》是全面性在消解世俗的執著而使整體美感達到古來所罕見的極大限度的「悲壯」。詳見周慶華：《紅樓搖夢》（臺北：里仁書局，2007年），頁38。

〔註6〕梁歸智：《石頭記探佚》（山西：山西教育出版社，1992年），頁431。

與《紅樓夢》互作對照，試以印證原著之悲劇意識。《後紅樓夢》為《紅樓夢》之首部續書，該書許多情節自然成為後出續書的樣板，有其典範作用。此外，《後紅樓夢》的部分情節嘗試與《紅樓夢》呼應，可看出續書作者積極與原著對話的努力，並非一味只為自己的補憾動機而寫，有其特殊價值。綜合上述理由，本文在眾多《紅樓夢》續書中，以《後紅樓夢》作為與《紅樓夢》對照的主要續書。

二、研究目的

本文嘗試以西方悲劇理論來詮解《紅樓夢》，並以此為論理根據，闡釋《紅樓夢》悲劇意識之呈現，使《紅樓夢》的悲劇研究增加一個新的面向；此外，再以《紅樓夢》之續書《後紅樓夢》作為對照，探討續書改寫的審美動機，亦與續書作者對《紅樓夢》悲劇的理解有關。綜合上述，肯定《紅樓夢》為悲劇作品。

第二節　研究範圍與方法

一、研究範圍

本節「研究範圍」之敘述重點，在於說明本文所依據之《紅樓夢》與《後紅樓夢》的研究版本。

（一）《紅樓夢》研究版本說明

《紅樓夢》的版本〔註 7〕可分成兩個系統：一是脂評抄本系統（簡稱脂本），一是程高印本系統（簡稱程本）。脂本系統的本子，僅流傳八十回，祖本是作者曹雪芹生前傳抄出來的，因此在某種程度上保持了較於接近原著的面貌。目前已發現的脂本約有十二種，其中甲戌本、己卯本、庚辰本、夢稿本、戚序本這五種版本近年來都曾影印出版過。〔註 8〕而程本系統的本子，是經由程偉元、高鶚整理補綴，不知何人續寫了後四十回的一百二十回，〔註 9〕

〔註 7〕下列有關於《紅樓夢》版本之說明，皆參酌自馮其庸等校注之《紅樓夢校注》附錄三：〈《紅樓夢》版本簡介〉。詳見〔清〕曹雪芹、高鶚原著，馮其庸等校注：《紅樓夢校注》（臺北：里仁書局，1984 年），頁 1825～1835。

〔註 8〕《紅樓夢》其他脂本系統的版本尚有七種：甲辰本、靖藏本、脂亞本、蒙府本、戚寧本、舒序本、鄭藏本等。

〔註 9〕有關《紅樓夢》的後四十回，程本所據底本舊說以為是高鶚的續作，據近年

以木活字排印行世的本子，主要的版本約有六種：程甲本、程乙本、程丙本、王評本、張評本、姚評本等，程本後四十回固然沒有曹雪芹的文字，前八十回也被篡改得很多，而後起的評本，評語大多平庸，與早期脂評不同，只有少數具有學術價值。

本文所採用之《紅樓夢》，以 1984 年由臺北里仁書局出版，馮其庸等人所校注的《紅樓夢校注》為本，之所以選擇此版本的原因如下：〔註10〕本書前八十回以庚辰本為底本，輔以其他脂本為主要參校本。庚辰本在脂本系統中是抄得較早且又保存得較為完整的一種，它雖然存在著少量的殘缺，〔註11〕但卻保留了原稿的面貌，在完整度與可信度兩方面佔有優勢。後四十回則以程甲本為底本，輔以程本其他早期刻本為參考本。本文為使行文流暢，不失之於繁瑣，文中凡引用《紅樓夢》原文之處便不再另行加注，僅在文末註明回數與頁數。

（二）《後紅樓夢》研究版本說明

《後紅樓夢》為《紅樓夢》的首部續書，全書一共三十回，清・逍遙子撰，託名曹雪芹，作於乾隆末、嘉慶元年間（1796 年）。有關《後紅樓夢》的版本簡述如下：「《後紅樓夢》初刊本為乾嘉間白紙本，內封題《全像後紅樓夢》。書前依次為原序、逍遙子序、白雲外史、散華居士題詞、凡例五則、摘敘前紅樓夢簡明事略及賈氏世系表和世表、目錄、繡像六十頁、絳珠仙草和練金魚圖一頁，圖像前皆有贊語。刊本還有鄭振鐸藏黃紙本，有繡像六十頁；本衙藏版本，有繡像四十頁。石印本有宣統二年（1910）上海章福記本，有繡像五頁。鉛印本有民國十九年（1930）上海大通書局本等。」〔註12〕

在上海大通書局本之後，《後紅樓夢》還可見到以下幾種版本：「罕見小說叢刊第四輯，臺北天一出版社本（1975 年）；明清善本小說叢刊第十輯煙粉

的研究，高續之說尚有可疑，要之非雪芹原著，而續作者為誰，則尚待探究。續書無論思想或藝術較之原著，已大相懸殊，然與同時或後起的續書相比，則自有其存在之價值，故今仍能附原著以傳。詳見馮其庸等校注：《紅樓夢校注》卷首之〈前言〉，頁4～5。

〔註10〕以下敘述皆參酌自馮其庸等校注：《紅樓夢校注》卷首之〈重排小記〉與〈前言〉。

〔註11〕庚辰本若干處缺文均依其他脂本或程本補齊。詳見馮其庸等校注：《紅樓夢校注》卷首之〈校注凡例〉，頁1。

〔註12〕有關《後紅樓夢》版本概況之敘述，皆引自段春旭：《中國古代長篇小說續書研究》（上海：上海三聯書店，2009 年），頁256。

小說，臺北天一出版社本（1985 年）；瀋陽春風文藝出版社本（1985 年）；臺北文源書局出版本（1986 年）；北京大學出版社本（1988 年）；臺北建宏出版社本（1995 年）。」〔註13〕由於《後紅樓夢》一書較罕見流通於世，筆者僅能搜尋到一種版本：即國立政治大學古典小說研究中心主編，明清善本小說叢刊初編第十輯煙粉小說（一）人情類-5.《後紅樓夢》，由臺北的天一出版社於1985 年出版。〔註14〕本文爲使行文流暢，不失之於繁瑣，文中凡引用《後紅樓夢》原文之處便不再另行加注，僅在文末註明回數與頁數。

二、研究方法

以下論述本文主要採用的研究方法，分別是：悲劇理論研究法、文本分析法、比較歸納法等三項。

（一）悲劇理論研究法

本文援引西方悲劇理論作爲論述依據，以此析論《紅樓夢》悲劇意識之呈現。本文主要援引的是亞里斯多德（Aristoteles）、黑格爾（Georg Wilhelm Friedrich Hegel）、叔本華（Arthur Schopenhauer）之悲劇理論。首先，以亞里斯多德首對悲劇定義的論點進行整理，梳理悲劇之初始發展。其次，以黑格爾認爲悲劇即由兩造倫理力量衝突而產生之論，分析《紅樓夢》中的衝突悲劇。再者，以叔本華的人生悲劇論——人無法抵抗命運、人生非痛苦即無聊、徒勞面對人生的有限性等論點，闡釋《紅樓夢》中的人生悲劇。

（二）文本分析法

本文主要採用的文本爲《紅樓夢》及《後紅樓夢》。文本是論述的根本，在行文之前，首要針對文本之全文進行精讀，梳理二書的重點情節，以求掌握文本要義，並釐清文本內容與主題的呼應關係。隨後根據各章節之主題，分別針對所引用之文本內容逐一分析，並參酌前人研究成果與其他學者之見解，彙整自己的看法與參考資料，最後得出結論，訴諸於文字，試以增進本文論述之完整與厚實。

〔註13〕詳見林依璇：《無才可補天：《紅樓夢》續書研究》之附錄四〈所知之紅樓夢續書版本〉（臺北：文津出版社有限公司，1999 年），頁 274～275。

〔註14〕〔清〕逍遙子原著，國立政治大學古典小說研究中心主編：《後紅樓夢》（明清善本小說叢刊初編第十輯煙粉小說（一）人情類～5.），臺北：天一出版社，1985 年。

（三）比較歸納法

本文第五章的主要內容闡述續書《後紅樓夢》對原著《紅樓夢》悲劇之翻轉，之所以選定《後紅樓夢》為比較對象，乃由於《後紅樓夢》為《紅樓夢》首部續書作品，具有一定的價值與指標作用，因此，本文就其二書之內容情節作比較分析，找出二書異同之處，從比較結果歸納《後紅樓夢》如何理解《紅樓夢》之悲劇，又如何對此悲劇進行翻轉。

第三節　文獻探討

本節之文獻探討，主要針對與本文主題相關之前人研究成果作一述評，此處分成三大重點，概要論述：悲劇理論相關文獻、《紅樓夢》相關文獻、《紅樓夢》續書相關文獻。

一、悲劇理論相關文獻

有關西方悲劇理論之專書，數量頗豐，然筆者往昔從未有系統地接觸過西方戲劇或哲學的理論，對於這些理論僅能算是入門的階段，因此就只選擇幾本具有代表性的原典來閱讀。首先，是亞里斯多德（Aristoteles）的《詩學》，〔註15〕《詩學》一書中有系統地論述了悲劇的定義、悲劇的六大要素等層面的釋義，這是西方美學史上第一個「悲劇」定義，有其特殊的意義存在，也可窺見「悲劇」在西方的初始發展。其次，是黑格爾（Georg Wilhelm Friedrich Hegel）的《美學》，〔註16〕黑格爾在《美學》說明悲劇的基本形式，其中「衝突」是重要的成分。衝突的產生是由於對立的雙方各有堅持的某些倫理力量，這兩種互相衝突的倫理力量無法並存，在悲劇衝突的結局中，不是一方退讓就是二者毀滅，黑格爾將其稱之為「和解」。黑格爾的理論可供本文作悲劇衝突分析時，有一個具體的規準能夠依循。再者，是叔本華（Arthur Schopenhauer）的《作為意志和表象的世界》，〔註17〕叔本華認為悲劇表達人生的不幸與痛苦，而人生中的痛苦源於「意志」，即人類不可遏止的欲求，但若暫停欲求，

〔註15〕亞里斯多德（Aristoteles）著，陳中梅譯注：《詩學》（臺北：臺灣商務印書館股份有限公司，2001年）。

〔註16〕黑格爾（Georg Wilhelm Friedrich Hegel）著，朱孟實譯：《美學（四）》（臺北：里仁書局，1983年）。

〔註17〕叔本華（Arthur Schopenhauer）著，石冲白譯：《作為意志和表象的世界》（北京：商務印書館，1982年）。

生命將流於空虛無聊當中。藝術生活與出世精神能緩解這種痛苦。以此觀點，可用來解釋小說人物何以感覺人生的痛苦或無趣，在藝術生活中能獲得短暫的幸福。叔本華的人生悲劇論，可以用來解釋面對人生之有限性的徒勞無奈之感，人類一生都在與死亡戰鬥，寫實小說的人物亦是，以有限的生命去超越無限、對抗無限，即使早知自己終將戰敗。

二、《紅樓夢》相關文獻

　　筆者所搜集到的參考文獻中，在專書方面，以《紅樓夢》悲劇意識爲全書主題的專書甚少，若有談到這個主題的地方，多半只佔專書部分章節的分量而已。以下列舉數本著作析論：首先，是王國維的《紅樓夢評論》，〔註18〕本書是首度以西方悲劇理論闡釋《紅樓夢》的著作，尤以叔本華的悲劇理論爲依據，認同人生的痛苦源於欲望，惟有藝術欣賞與出世精神才能邁向解脫之道，並肯定《紅樓夢》爲悲劇作品。本書雖篇幅短小，但在悲劇研究的主題上，有其不凡的價值與意義。其次，簡述陳瑞秀的《說紅樓談三國》，〔註19〕本書第一章的標題是〈紅樓夢悲劇美學探源〉，這一章的重點比較偏向於論述作者曹雪芹個人悲劇意識的養成過程，兼有對文本進行悲劇美學的闡釋，略提西方悲劇理論及梳理中國古代的文學與哲學中所帶有的悲劇性，亦有可觀之處。再者，是余國藩所著，李奭學所譯的《重讀石頭記：《紅樓夢》裡的情欲與虛構》，〔註20〕本書第五章標題爲〈悲劇〉，此章前段引用王國維《紅樓夢評論》的論述，並以西方文學典故分析悲劇觀念，余國藩認爲王國維的論述偏重於對寶玉的詮釋，尚不全面。此章後段則集中闡釋黛玉之悲劇與寶黛愛情的糾葛，對於理解的寶玉、黛玉的悲劇歷程，具有一定的幫助。

　　專書中還有一種類型的書籍也會呈現有關於《紅樓夢》悲劇意識的研究，這類書籍便是「小說史」的著作。這裡列舉數本爲例：李劍國、陳洪主編的《中國小說通史‧清代卷》，〔註21〕第十六編第三章題爲〈宏闊深邃的巔峰之作：《紅樓夢》〉，由孫勇進撰寫，第二節分析「從愛情、性別悲劇到社會歷史

〔註18〕王國維：《紅樓夢評論》，收錄於《紅樓夢藝術論‧甲編三種》（臺北：里仁書局，1984 年）。

〔註19〕陳瑞秀：《說紅樓談三國》（臺北：文津出版社有限公司，2007 年）。

〔註20〕余國藩著，李奭學譯：《重讀石頭記：《紅樓夢》裡的情欲與虛構》（臺北：城邦文化事業股份有限公司麥田出版事業部，2004 年）。

〔註21〕李劍國、陳洪主編：《中國小說通史‧清代卷》（北京：高等教育出版社，2007 年）。

悲劇」，第三節探討「傳統文化精神與人生悲劇意識」，都帶給筆者許多啓發。此外，尚有張俊的《清代小說史》，〔註22〕本書於第七章第二節論述《紅樓夢》的悲劇意識，分別就人生悲劇、愛情和婚姻悲劇、女子的悲劇、家庭和社會的悲劇等層面來發表。最後，是譚邦和的《明清小說史》，〔註23〕本書第五章第三節論述《紅樓夢》的悲劇主題，思索《紅樓夢》從家族盛衰聚散的悲劇，進而探索了整個封建社會行將衰朽的歷史性悲劇命運，又以寶黛愛情悲劇爲核心，廣泛描寫大觀園少女的群體悲劇，由此觸及封建社會女性整體的悲劇。第五章第四節緊接論述《紅樓夢》的悲劇美學，本節較偏向於文藝創作手法的分析，以虛實相交之法、詩賦文化的展現及穿插喜劇成分等面向來敘述。

在學位論文中，國內目前未見以《紅樓夢》悲劇意識相關之內容爲論文題目的研究問世，但某些論文中的部分章節會與這個主題相關；而中國的學位論文中，則有類似的研究，以下略析。國內學位論文以顏嘉珍〈《紅樓夢》韻文意蘊之研究〉爲例，〔註24〕其第三章主要探討「《紅樓夢》韻文呈顯之悲劇意識」，該文雖以韻文爲研究對象，但仍涉及對文本的解釋，因此仍具參考價值。中國學位論文則以孫偉科〈紅樓美學闡釋〉〔註25〕與蔡靈美〈《紅樓夢》悲劇層次探析〉〔註26〕爲例。〈紅樓美學闡釋〉第三章探討《紅樓夢》的悲劇藝術與美感目的，《紅樓夢》所展現的衝突是普遍、具體的；在悲劇的內涵上實現了愛情悲劇與家族悲劇、青春悲劇與人生悲劇、歷史意義的悲劇與哲學意義的悲劇的統一；認爲《紅樓夢》悲劇的效果與其他傑出的悲劇作品一樣，目的不是流於悲傷或感傷，而是對被毀滅對象價值的肯定。而〈《紅樓夢》悲劇層次探析〉一文分析《紅樓夢》的悲劇是多層次的，由淺至深可劃分爲個體悲劇、社會悲劇、倫理悲劇和存在悲劇四個層次。並藉由悲劇層次的分析，理解《紅樓夢》承繼了古代美學深厚沉鬱的悲劇思想和悲劇精神，揭示悲劇的美學意蘊和本質，充滿對世事的了悟與人生如夢的慨歎。

在期刊論文中，國內目前少見以《紅樓夢》悲劇意識相關之內容爲題之

〔註22〕張俊：《清代小說史》（浙江：浙江古籍出版社，1997年）。

〔註23〕譚邦和：《明清小說史》（上海：上海古籍出版社，2006年）。

〔註24〕顏嘉珍：〈《紅樓夢》韻文意蘊之研究〉（國立高雄師範大學國文學系碩士論文，2006年）。

〔註25〕孫偉科：〈紅樓美學闡釋〉（中國藝術學院博士論文，2007年）。

〔註26〕蔡靈美：〈《紅樓夢》悲劇層次探析〉（青海師範大學中國古代文學碩士論文，2008年）。

論文，而中國期刊類似的研究則數量較多。以下列舉數例：吳宏一的〈《紅樓夢》的悲劇精神〉算是國內早期對《紅樓夢》悲劇研究的論著，〔註27〕作者依其造成的因素將悲劇分為這幾類：性格的悲劇、環境的悲劇、無可奈何的悲劇，並列舉小說人物之情節為例；其次以寶玉為線索，貫串賈府的興衰與寶黛愛情的幻滅，藉此說明《紅樓夢》的悲劇精神。中國期刊對於《紅樓夢》的悲劇研究數量頗多，但重複的觀點亦極多，整體而言這些論文與《紅樓夢》悲劇層次探析〉〔註28〕的分類方式皆有異曲同工之妙，〔註29〕於此不再贅述。此外要另提的是唐富齡對於《紅樓夢》悲劇意識的研究，列舉兩篇文章：〈夢與醒——三論《紅樓夢》的悲劇意識〉〔註30〕、〈瞬間與永恆——四論《紅樓夢》的悲劇意識〉〔註31〕。前者論述人生在夢與醒之間的痛苦無能，人生如夢終非夢，總是萬境歸空；在醒時意識的觀照之下，更顯徒然留戀、拯救無望之苦；理想、美好事物的毀滅，如同處於夢醒時分，只堪追憶。後者悲嘆時空無限，不可挽留，個人生命短暫渺小，永恆無法企及、理想難以實現，希望將瞬間昇華成永恆，必須經歷困惑與痛苦，以癡或傻或狂表現追求永恆的渴望，終究僅能獲得自我安慰。上述兩篇文章給予筆者許多啟發，遂以該論與西方悲劇理論作一連結，成為本文重要章節的基礎。

三、《紅樓夢》續書相關文獻

　　有關《紅樓夢》續書之相關專著，略談以下三部：首先，國內文獻部分以林依璇的《無才可補天：紅樓夢續書研究》為例，〔註32〕本文彙整嘉慶年間八本《紅樓夢》續書作品，論述續書產生的文化背景，為續書的類型與內

〔註27〕吳宏一：〈紅樓夢的悲劇精神〉，吳宏一等著：《紅樓夢的悲劇精神與喜劇意識》（中國古典小說研究彙編 V.22～55，據上海華東師範大學圖書館港臺資料室複印件影印）（臺北：天一出版社，1990年）。

〔註28〕詳見本文第 8 頁有關〈《紅樓夢》悲劇層次探析〉的論述。

〔註29〕例如潘林將《紅樓夢》的悲劇層面分為四項：一、「歎烏衣非王謝」的家族衰敗的悲劇；二、「心事終虛化」的情感夭折的悲劇；三、「白茫茫大地眞乾淨」的人生苦痛的悲劇；四、「千紅一哭、萬豔同悲」的女性命運的悲劇。詳見潘林：〈探析《紅樓夢》悲劇意識的四個層面〉，《青年文學家》（2009 年第 13 期）。

〔註30〕唐富齡：〈夢與醒——三論《紅樓夢》的悲劇意識〉（《紅樓夢學刊》1997 年第四輯）。

〔註31〕唐富齡：〈瞬間與永恆——四論《紅樓夢》的悲劇意識〉（《紅樓夢學刊》2005 年第一輯）。

〔註32〕林依璇：《無才可補天：紅樓夢續書研究》（臺北：文津出版社，1999年）。

容進行分類，兼及續書在形式風格與思考模式上的變異與轉換，可說是針對
《紅樓夢》早期續書有系統地通盤闡述。其次，中國文獻以段春旭：《中國古
代長篇小說續書研究》〔註33〕、李忠昌：《古代小說續書漫話》〔註34〕二書為
例。前者《中國古代長篇小說續書研究》一書完整描述古典小說續書的整體
概況，分析續書生成之原因，並以神魔小說、人情小說、歷史小說、俠義公
案小說作為分類，闡釋幾部重要的古典小說其續書發展的情形與內容、價值
析論，本文主要參酌的是第三章有關《紅樓夢》續書之相關研究。後者《古
代小說續書漫話》，除了續書概論之外，還另分析了續書幾種常見的寫作模
式，從各方面去探討續書生成的原因，並於藝術、審美、思想、經驗四個層
面上肯定續書仍存在著其價值。最後，再談一本中國學位論文：王旭川的《中
國小說續書的歷史發展》，〔註35〕這篇論文與段春旭《中國古代長篇小說續書
研究》有些類似，皆是以綜觀的角度來省視續書的文化與發展過程，本書另
還聚焦在續書歷史的流變與承衍，探討小說續書的存在狀態與發展階段、小
說續書的濫觴與發展、小說續書新形態的出現與續書的繁榮、小說續書的變
遷與終結、中國小說續書的文化審視等主題，並針對重要古典小說之續書以
單章專論，而本本主要參考的是第七章〈作為評論的續書：《紅樓夢》續書〉。
上述幾部書大致已將《紅樓夢》續書的基本概況整理得相當完整，其他期刊
文獻大抵也不離這些範圍，因此不再贅述。這些文獻資料帶給筆者觀看《紅
樓夢》續書的視野，在進行《紅樓夢》續書與《紅樓夢》的比較時，助益頗
大。

〔註33〕段春旭：《中國古代長篇小說續書研究》（上海：上海三聯書店，2009年）。
〔註34〕李忠昌：《古代小說續書漫話》（瀋陽：遼寧教育出版社，1992年）。
〔註35〕王旭川：《中國小說續書的歷史發展》（上海師範大學人文學院博士論文，2004
年）。

第二章 「悲劇意識」的意義

　　「悲劇」一詞來自西方文學之傳統，歷經漫長歲月的演變發展，無論是悲劇創作或是悲劇理論的闡述，皆呈現出豐碩的成果。對於「悲劇」的理解，劇作家或哲學家各有其側重的面向，並延展出屬於個人的、獨特的對悲劇的看法或形成悲劇理論，為「悲劇」在文學上或哲學上，邁向一個人文領域的深遠境界。本章希望藉由整理、論述西方的一些重要悲劇理論，漸次探討悲劇的定義、來源、形成，以及悲劇中所蘊含的人生觀、悲劇意識等，以期為本文奠定理論基礎。

第一節 「悲劇」的定義及要素

一、「悲劇」的定義

　　「悲劇」一詞在現今指涉上主要有兩種層面的意義：一則為廣義的解釋，一則為狹義的解釋。在廣義的解釋中，凡現實生活裡無論是自然的、社會的、偶然的、必然的……種種原因所造成之不幸、失敗、痛苦、死亡等遭遇，通常被稱之為「悲劇」；另外，在狹義的解釋中，作為美學範疇的「悲劇」，其定義勢必較前者所論要來得嚴格且深刻許多，[註1] 因為它通過了藝術形式的過濾。在談到「悲劇」的美學意義之前，先得從「悲劇」的起源說起。「悲劇」作為西方文學的重要形式之一，其源頭為祭祀酒神的歌舞表演活動。「悲劇」在古希臘文（Tragoidia）的本義為「山羊之歌」，原係出自於古希臘人將山羊

〔註 1〕趙凱：《悲劇與人類意識》（上海：學林出版社，2009 年），頁 7。

獻給酒神迪奧尼索斯（Dionysus）時，要表演以酒神故事爲內容的歌舞，此即爲「悲劇」的由來。〔註2〕此後這種歌舞表演活動，逐漸演化爲戲劇的形式，加以古希臘三大悲劇作家經典作品的完成，〔註3〕「悲劇」遂成爲西方重要的文學體裁。

以古希臘三大悲劇作家悲劇作品爲立論基礎，首位將「悲劇」予以理論化的哲學家亞里斯多德（Aristoteles，BC 384～322），在其《詩學》一書中有系統地論述了悲劇的定義、要素、人物性格等其他層面的釋義，這是西方美學史上第一個「悲劇」定義：

> 悲劇是對一個嚴肅、完整、有一定長度的行動的摹仿，它的媒介是
> 經過裝飾的語言，以不同的形式分別被用於劇的不同部分，它的摹
> 仿方式是借助人物的行動，而不是敘述，通過引發憐憫和恐懼使這
> 些情感得到疏洩。〔註4〕

在這段文字中可獲知「悲劇」的幾個要點：首先，悲劇摹擬「行動」，所謂「行動」即指日常現實中人類的種種行動與作爲，如同趙凱所釋，「藝術的悲劇所反映的對象是現實中的人的行爲」〔註5〕，雖然悲劇有些題材來自於神話或史詩，非完全能以現實觀點來理解，但劇中也的確表達出某種來自於現實生活的詮釋。〔註6〕其次，並非所有現實中人的行動全可納入悲劇的內涵之中，「悲劇」必須含有嚴肅意義，意即「悲劇作爲嚴格的美學範疇，它的題材和主題應該是嚴肅的」〔註7〕。再者，戲劇之出演，必有其規範與限制存在：具有一定長度，維持完整性，運用音調、唱段等戲劇語言……也都是戲劇應有的形式元素。最後，「悲劇」要能引發讀者觀眾憐憫或恐懼的情緒，並且得到疏洩〔註8〕。

〔註2〕趙凱：《悲劇與人類意識》，頁58。

〔註3〕希臘三大悲劇作家爲：埃斯庫羅斯（Aeschylus，西元前525～456年）其代表作品如《普羅米修斯被縛》；索福克勒斯（Sophocles，西元前496～406年）其代表作品如《俄狄普斯王》；歐里庇德斯（Euripides，西元前485～406年）其代表作品如《美狄亞》。

〔註4〕亞里斯多德著，陳中梅譯注：《詩學》（臺北：臺灣商務印書館股份有限公司，2001年），頁63。

〔註5〕趙凱：《悲劇與人類意識》，頁65。

〔註6〕神話與史詩作爲古希臘悲劇的土壤，很多內容形象地表現了當時人類由於自然和社會的壓迫而生發出來的悲劇性意識。見趙凱：《悲劇與人類意識》，頁23。

〔註7〕吳功正：《小說美學》（江蘇：江蘇文藝出版社，1985年），頁466。

〔註8〕「疏洩」一詞原文作「Katharsis」，它既可指醫學意義上的「淨洗」和「宣洩」，

關於「悲劇」要能引發讀者觀眾憐憫或恐懼情緒，並且得到疏洩的說法，朱光潛有獨到的見解。首先，就憐憫情緒來說，朱光潛認爲因悲劇而產生的憐憫，與日常中的憐憫情緒並不一致，朱光潛說：

> 悲劇中的憐憫絕不僅僅是「同情的眼淚」或者多愁善感的婦人氣的東西。我們可以把它描述爲由於突然洞見了命運的力量與人生的虛無而喚起的一種「普遍情感」。〔註9〕

在朱光潛的論述中，可知從悲劇中所產生的憐憫，與所謂同情、多愁善感是不盡相同的，而是讓人體悟到一種人生中的不確定感，抑或聯想到對人生的無力感、人生的有限性……，這些在讀者內心深處中都能獲得共鳴，即使未曾遭遇劇中人物的經歷，也能引起這樣的感情，故朱光潛形容這是一種「普遍情感」。其次，就恐懼情緒來說，悲劇所引起的恐懼不單只是害怕、畏懼之類的感覺罷了，它應存在著更深刻的意義，而這種深刻的意義，或可使人類的精神昇華至更崇高的境界：

> 觀賞一部偉大悲劇就好像觀看一場大風暴。我們先是感到面對某種壓倒一切的力量那種恐懼，然後那令人畏懼的力量卻又將我們帶到一個新的高度，在那裡我們體會到平時在現實生活中很少能體會到的活力。〔註10〕

「純粹的恐怖並不能產生悲劇感」〔註11〕，因此生活中的災難並不全然可以被納入悲劇的美學之中，悲劇中的恐懼來自一股令人畏懼的力量，〔註12〕這股力量將帶領觀眾、讀者，使其精神層次邁向一個新的高度，甚至使讀者受到激勵或鼓舞，此即是朱光潛所說的「活力」，悲劇使人體會到一種有別於現實生活的活力。

朱光潛引用豐丹納爾和巴多（Batteaux）的觀點，說明悲劇藉由藝術的形

亦可指宗教意義上的「淨滌」。按法國戲劇家高乃依（Pierre Corneille, 1606～1684）和拉辛（Jean Racine, 1639～1699）的理解，或譯爲「淨化」，認爲 Katharsis 是淨化人的道德觀念的手段。見亞里斯多德著，陳中梅譯注：《詩學》，頁226～230。

〔註 9〕 朱光潛：《悲劇心理學》（臺北：駱駝出版社，1993年，第二版），頁78。

〔註 10〕朱光潛：《悲劇心理學》，頁84。

〔註 11〕朱光潛：《悲劇心理學》，頁85。

〔註 12〕朱光潛認爲這股令人畏懼的力量之呈現，即所謂的「命運」，人類處在於壓倒一切的命運的力量之前，自覺無力和渺小。見朱光潛：《悲劇心理學》，頁89～90。

式表現出來，劇中內容也保持了某種虛構性，因此悲劇在觀眾讀者的心中激起不像現實生活中的恐懼與憐憫那樣痛苦，也正因如此，這種情感反而是更純粹的另一種恐懼與憐憫，深具美學意義。〔註13〕於是，悲劇至此已昇華至審美境界，可簡述為一種以藝術形式對人類活動的仿擬，引發讀者、觀眾美學上的、純粹的恐懼與憐憫情緒，並使其精神世界邁向一個更崇高的層次。

二、「悲劇」的要素

在亞里斯多德的看法中，悲劇有其規範與形式存在，一部完整的悲劇，必須含有六大要素，分別為：情節、性格、思想、語言、唱段、戲景。〔註14〕其中，情節最為重要，上述定義曾談及悲劇是行動的摹仿，而情節即事件的組合，也就是人類的行動與生活，所以沒有行動、沒有情節便不構成悲劇。另外，性格要素的呈現，讓讀者觀眾能判斷行動者的類屬，在此所謂行動者，亦即劇中人物，他們不是為了表現性格才行動，而是為了行動才需要性格的配合。〔註15〕由此觀之，亞里斯多德視情節較性格更為重要，情節為悲劇的第一要素，性格居於其次。至於思想，指劇中人物能恰如其分地表述見解的能力，主要表現在論證觀點或述說一般道理。言語則指格律文的使用或以詞表達意思。最後是戲景與唱段，此二者與戲劇之表演藝術較為接近：唱段可視為裝飾的語言，如節奏、音調；戲景可指服裝、面具……等道具之意義，與詩藝的關係較疏遠。〔註16〕

在悲劇的六大要素中，亞里斯多德以情節要素最為重要，性格其次，並且將情節視為悲劇的目的、悲劇的根本、悲劇的靈魂，使情節在悲劇要素中佔首要地位。〔註17〕情節必須具有一定的長度，可完整表達事物之起始、中段、結尾；事件與事件的結合要嚴密，若挪動或刪除某一環節，將會造成整體鬆裂或脫節的現象。悲劇之情節，不必然從歷史尋找題材，亦可出自虛構，

〔註13〕朱光潛：《悲劇心理學》，頁176。
〔註14〕亞里斯多德著，陳中梅譯注：《詩學》，頁63。
〔註15〕文中有關悲劇情節、性格之釋義，皆參酌自亞氏之說。詳見亞里斯多德著，陳中梅譯注：《詩學》，頁63～65。
〔註16〕文中有關悲劇思想、言語、唱段、戲景之釋義，皆參酌自亞氏之說。詳見亞里斯多德著，陳中梅譯注：《詩學》，頁63～65。
〔註17〕亞里斯多德視情節為第一位，視性格為第二位的見解，曾引起長期爭論，可能是由於亞氏還不理解性格與情節的辯證關係，所以產生情節重於性格的片面觀點。詳見陳瘦竹、沈蔚德：《論悲劇與喜劇》（上海：上海文藝出版社，1983年），頁30。

因為悲劇傾向呈現「帶普遍性的事」〔註18〕而非「具體事件」，換句話說，即歷史家描述已發生的事，而劇作家描述可能發生的事。除此之外，若情節上有出人意表之處，又還能兼及因果關係，引發讀者恐懼和憐憫的情緒，便是出色的作品。〔註19〕

情節具有三項成分，分別為：突轉、發現、苦難。其中突轉與發現是最能打動人心的成分。突轉，指行動的發展在符合可然或必然的原則下，從一個方向轉至相反方向；發現，指從不知到知的轉變，有四種類型：由標記引起的發現、牽強所致的發現、通過回憶引起的發現、通過推斷引出的發現。最好的發現應出自事件本身，並與突轉同時發生。最後談苦難，苦難指的是毀滅性的或包含痛苦的行動，例如在眾目睽睽之下的死亡、遭受巨大傷痛、苦痛等情況。〔註20〕

亞里斯多德認為有三種悲劇結構應該避免出現：第一、好人不該由順境轉入逆境，因為不但無法引發恐懼與憐憫，反而會產生反感。第二、壞人不該由逆境轉入順境，同樣因為無法引發恐懼與憐憫，且與悲劇精神背道而馳。第三、極惡之人不該由順境轉入逆境，這種安排雖能滿足讀者觀眾的道德感，但卻不能引發恐懼與憐憫。〔註21〕介於上述兩種人間，悲劇中還有另一種人：

> 這些人不具十分的美德，也不是十分的公正，他們之所以遭受不
> 幸，不是因為本身的罪惡或邪惡，而是因為犯了某種錯誤。這些人
> 聲名顯赫，生活順達……當事人的品格，也可以更好些，但不能更
> 壞。〔註22〕

將一個悲劇人物的不幸歸咎於自身的弱點或過錯，而非由於罪惡或邪惡，這

〔註18〕「帶普遍性的事」一詞指根據可然或必然的原則，某一類人可能會說的話或會做的事。詳見亞里斯多德著，陳中梅譯注：《詩學》，頁81。

〔註19〕文中有關悲劇情節之釋義，參酌自亞氏《詩學》第7~9章。詳見亞里斯多德著，陳中梅譯注：《詩學》，頁74~82。

〔註20〕文中有關突轉發現苦難之釋義，皆參酌自亞氏《詩學》第11章及第16章。詳見亞里斯多德著，陳中梅譯注：《詩學》，頁89~90；118~119。

〔註21〕陳中梅對此的理解是：悲劇英雄或人物也是人，而不是神。他們有人的弱點和喜怒哀樂，也會像一般人那樣犯錯誤。從這個意義上來說，他們和我們或一般人沒有太大的區別。悲劇之所以感人，和這一點很有關係。詳見亞里斯多德著，陳中梅譯注：《詩學》，頁99。

〔註22〕亞里斯多德著，陳中梅譯注：《詩學》，頁97~98。

是亞里斯多德的悲劇「過失說」，他之所以如此解讀，或許與他對悲劇人物的認識有關，亞里斯多德認為在悲劇中關於性格的刻畫，最重要的一點是性格要好，〔註23〕趙凱將這一點解釋得更為具體，即悲劇人物必須具備正面或正義的素質，所謂性格要好，也就是性格必須善良，〔註24〕「悲劇傾向於表現比今天的人好的人」，亞里斯多德如此說。〔註25〕然而好人不等同完人，更像是生活中的人，所以悲劇人物即使地位高貴，也會犯下嚴重的錯誤而使自己遭遇不幸，〔註26〕這與現實中一般人因過失而遭逢厄運的事件亦有相似之處，故能引發讀者觀眾的恐懼、憐憫之情。

第二節 「悲劇」的來源及形成

一、「悲劇」的來源

對於悲劇的基本詮釋，卡爾·亞斯培（Karl Jaspers, 1883～1969）從神話與哲學二方面來探討。以神話來詮釋悲劇，意謂藉助想像來思考，想像中有一股神祕力量決定所有一切，這股力量與事物的終極操縱者有關，這個的「操縱者」，其實就是所謂的「命運」，但什麼是這個命運的內涵，則以不同的神話形式出現，它可以是無法破除、代代相傳的家族罪孽，成為非個人與隱匿的詛咒。〔註27〕這一點在希臘悲劇中很能夠落實。其次，若以哲學來詮釋悲劇，卡爾·亞斯培提出二種解釋法：一種是把悲劇放在「存有」上來講，即任何存在的東西都以自我否定而存在著，由於否定，它進展並成為悲劇。〔註28〕然而將一切存有的基礎都視為悲劇，未免過於褊狹，因此卡爾·亞斯培認為悲劇僅僅是世界的釉表罷了，因為透過悲劇，有種不再是悲劇的東西對我們表白。〔註29〕這種「不再是悲劇的東西」也許就類似於悲劇的美感意義，引發讀者

〔註23〕亞里斯多德著，陳中梅譯注：《詩學》，頁112。

〔註24〕趙凱：《悲劇與人類意識》，頁66。

〔註25〕亞里斯多德著，陳中梅譯注：《詩學》，頁38。

〔註26〕並非所有的「過失」所釀成的悲劇都具有同等的美學意義，亞里斯多德認為不知而犯比明知故犯更能引起觀眾的恐懼和憐憫之情。詳見趙凱：《悲劇與人類意識》，頁67。

〔註27〕詳見卡爾·亞斯培著，葉頌姿譯：《悲劇之超越》（臺北：巨流圖書公司，1970年），頁92～94。

〔註28〕卡爾·亞斯培著，葉頌姿譯：《悲劇之超越》，頁95。

〔註29〕卡爾·亞斯培著，葉頌姿譯：《悲劇之超越》，頁95。

的審美精神。至於另一種解釋法，則認為世界之進行以及一切的普遍破壞都叫悲劇，普遍的破壞包含特殊而不可避免之意外的不幸，以及無濟於事的哀憐，這些破壞才讓人類發現真正的悲劇。此外，有關人的一切生命、活動、成就……最後都註定要毀滅，生命會腐朽，知道這件事本身就是悲劇。〔註30〕

朱光潛閱讀希臘悲劇，認為它們反映了一種相當陰鬱的人生觀：人類孱弱無知，卻得持續進行戰鬥，對手是嚴酷的眾神，以及無情而變化莫測的命運，他的生存隨時飽受威脅，並沒有力量抗拒這個狀態，也沒有足夠的智慧去理解，即使思索惡的根源和正義的觀念等等，但卻很難相信自己能夠反抗神的意志，或者能夠掌握自己的命運。〔註31〕希臘悲劇中，命運是最沉重的一股力量，然而亞里斯多德不以宿命來詮釋悲劇，朱光潛認為這也是為什麼亞里斯多德引入「過失」的概念來解釋悲劇人物的不幸遭遇。〔註32〕事實上如果悲劇人物太完美，他的不幸容易引起反感，如果太邪惡，又不易引起同情，因此帶有弱點、過失的好人或許能使觀眾讀者在感情上較為容易接受不幸的結局。

悲劇中的痛苦與邪惡，究竟是源自命運或性格，歷來說法不一，以莎士比亞（Shakespeare William, 1564～1616）的悲劇為例，便各有擁護命運或擁護性格的論點存在，例如格爾維努斯（Gervinus）將莎士比亞悲劇中苦難的原因全都歸結為人物性格上的某種弱點；而斯馬特（J.S. Smart）則認為莎士比亞相信人類經驗中有些東西是偶然的，不可以理性去說明的，至此也就等同承認命運的重要性。〔註33〕或許命運與性格對悲劇而言，都是相當重要的理解方式。再以易卜生（Ibsen Henrik, 1828～1906）的悲劇為例，易卜生的作品中已發揮了極強的個人主義色彩，因此整體看起來是性格比命運重要得多，但朱光潛認為除了性格，亦不能將命運排除在外：「悲劇之產生主要正在於個人與社會力量抗爭中的無能為力。這些社會力量雖然可以用因果關係去加以解釋，但卻像昔日盲目的命運一樣沉重地壓在人們頭上。」〔註34〕社會力量所造成的無可奈何，並不亞於命運之力量，朱光潛以此解釋易卜生悲劇中除了性格觀點之外，亦帶有命運觀點。

〔註30〕卡爾・亞斯培著，葉頌姿譯：《悲劇之超越》，頁95～97。
〔註31〕朱光潛：《悲劇心理學》，頁103。
〔註32〕朱光潛：《悲劇心理學》，頁104。
〔註33〕有關格爾維努斯、斯馬特之說，皆轉引自朱光潛：《悲劇心理學》，頁106。
〔註34〕朱光潛：《悲劇心理學》，頁110。

　　叔本華（Arthur Schopenhauer, 1788～1860）認為寫出一種巨大的不幸，是悲劇裡唯一基本的東西，而不幸來自許多不同的途徑。叔本華將這些導致不幸的許多途徑，包含在三種類型的概念之下：

> 造成巨大不幸的原因可以是某一劇中人異乎尋常的，發揮盡致的惡毒，這時，這角色就是肇禍人。……造成不幸的還可以是盲目的命運，也即是偶然和錯誤。……大多數的古典悲劇根本就屬於這一類。……最後，不幸也可以僅僅是由於劇中人彼此的地位不同，由於他們的關係造成的；這就無需乎〔布置〕可怕的錯誤或聞所未聞的意外事故，也不用惡毒已到可能的極限的人物，而只需要在道德上平平常常的人們，把他們安排在經常發生的情況之下，使他們處於相互對立的地位，他們為這種地位所迫明明知道，明明看到卻互為對方製造災禍，同時還不能說單是那一方面不對。〔註35〕

在悲劇來源的幾種途徑中，叔本華分為三類：一類是極惡之人肇禍，一類是盲目的命運使然，最後一類是由於劇中人物關係、地位的不同而造成對立與傷害。在叔本華的論點中，認為最後一類的悲劇比前面二項更為可取，編寫上的困難也最大，因為在這類悲劇中，不幸並非意外，而是發自人的性格、人的行動，近乎從人的本質上所產生的，這種不幸與人太過接近，令人畏懼，且不易擺脫。叔本華將人之極惡與盲目命運視作一股遙遠的力量，是可躲避的，而最後一類，這股破壞幸福的力量卻能隨時暢行無阻地到來。〔註36〕有學者亦認為叔本華對悲劇類型的歸類，已明顯劃分出性格悲劇、命運悲劇、社會悲劇。〔註37〕然而綜觀上述希臘悲劇、莎士比亞悲劇、易卜生悲劇及叔本華對悲劇之歸類，一部悲劇似乎不易單純以性格、命運、社會其中之一來概括，更多的時候，不幸由多重來源交織而成，可能兼及性格、命運、社會，於此悲劇才更見深刻。

二、「悲劇」的形成

　　矛盾衝突的必然性是悲劇美的根本屬性之一，也是悲劇最普遍、最常見的

〔註35〕叔本華著，石冲白譯：《作為意志和表象的世界》（北京：商務印書館，1982年），頁352。

〔註36〕參酌自叔本華著，石冲白譯：《作為意志和表象的世界》，頁352～353。

〔註37〕顏嘉珍：〈《紅樓夢》韻文意蘊之研究〉（國立高雄師範大學國文學系碩士論文，2007年），頁84。

基本方式。〔註38〕如果更簡單地說，亦即悲劇乃由「衝突」所形成，這樣的看法可先從黑格爾（Georg Wilhelm Friedrich Hegel, 1770～1831）的戲劇理論談起。黑格爾認為戲劇情節最理想的狀態應分為三個階段：衝突的起源、衝突的爆發、衝突的解決。〔註39〕從這段文字可知，「衝突」作為戲劇情節一個相當關鍵的構成因素，以三階段論述其發源、過程、結局，成為一個完整的藝術表達形式。悲劇隸屬戲劇，理當不會落在這個範疇之外，黑格爾在《美學》中也曾說明悲劇的基本形式──揭示目的及其內容，與人物性格及其衝突與結局。〔註40〕至此，「衝突」作為悲劇情節構成之力量，應該可確立下來，只是此時還另有一個問題引人思考：衝突，如何產生？根據黑格爾之說，在衝突中，對立的雙方各有自己的辯護理由。自己所堅持的某些倫理力量〔註41〕，可能與對方顯出差異，因而否定或破壞對方的倫理力量，造成倫理力量的分裂。〔註42〕關於「倫理力量」的定義，朱光潛解釋得更為具體：在悲劇中，統治人類精神與行動的力量，必須在具體的感性世界中活動，因此這種精神力量便以人類的感情形式呈現出來，如親人的愛、榮譽、忠誠、對宗教的虔誠之類的情緒。悲劇人物就是這類倫理力量的化身。〔註43〕我們可以想像，當兩股孤立的倫理力量相遇而又各自堅持片面絕對要求時，悲劇（衝突）就此成型。甚至可以這麼解釋：悲劇的產生是由於兩種互不相容的倫理力量的衝突。〔註44〕

　　衝突雙方各自所堅持的這些倫理力量，皆具有片面性，因為這些力量必須透過否定對方才能肯定自己。〔註45〕黑格爾指出，人們在對真理的理解中，總存在片面性與侷限性，自己的「知」會與潛在的「不知」對立、衝突。主體如果堅持片面性，無法認識到自身認知的侷限性，就會導致衝突。〔註46〕

〔註38〕吳功正：《小說美學》，頁469。
〔註39〕詳見黑格爾著，朱孟實譯：《美學（四）》（臺北：里仁書局，1983年），頁266～267。
〔註40〕黑格爾著，朱孟實譯：《美學（四）》，頁308。
〔註41〕文中「倫理力量」一詞，意指人類意志領域中具有實體性的力量，如親屬愛、國家政治生活、宗教生活等，詳見黑格爾著，朱孟實譯：《美學（四）》，頁293。
〔註42〕詳見黑格爾著，朱孟實譯：《美學（四）》，頁295。
〔註43〕朱光潛：《悲劇心理學》，頁115。
〔註44〕朱光潛：《悲劇心理學》，頁115。
〔註45〕黑格爾著，朱孟實譯：《美學（四）》，頁345。
〔註46〕轉引自邱紫華：《悲劇精神與民族意識》（武昌：華中師範大學出版社，1990年），頁113。

每個人對眞理的理解以及其重視的價值並不會完全相同，自己潛在的「不知」也許是他人的「知」，而每個人也都會以自己那具有片面性與侷限性的「知」去與他人互動，因此不免造成對立衝突。黑格爾把悲劇看成一種矛盾由對立而統一的辯證過程，強調悲劇來自衝突，並且強調來自於具有普遍意義的重大力量之間的衝突，並且認爲這種衝突是現實的人的精神衝突，而不是來自命運或神力。〔註47〕其實就這兩種互相衝突的倫理力量本身而言，每一種都是有道理的，但由於每一種都具有片面、排他、想否定對方的性質，而且在某些時空下，二者無法共同並存，既然無法並存，所以也就隱含毀滅的可能，因此悲劇結局不是同歸於盡，就是一方必須放棄自己的片面要求。〔註48〕在悲劇衝突的結局中，不是二者毀滅就是一方退讓，黑格爾將其稱之爲「和解」〔註49〕，代表回到理念的和平統一，實現「永恆正義」〔註50〕的勝利。衝突的存在即否定了理念的和平統一，衝突的解決即恢復了理念的和平統一。〔註51〕依據黑格爾的論點來看，即悲劇的衝突就是一種成全某一方面，犧牲其對立面的兩難之境。悲劇的最終的解決，則是通過代表片面理想的人物遭受痛苦或毀滅，從而達到一種和諧。〔註52〕總之，悲劇產生於兩種片面的倫理力量的衝突，以否定這兩種互相衝突的力量告終，回復和諧。

第三節　「悲劇」中的人生哲學

一、「人生悲劇論」之說

在眾多文學體裁當中，叔本華（Arthur Schopenhauer, 1788～1860）就其效果巨大及寫作的困難度等層面來觀察，認爲「悲劇」可算是文藝的最高峰，

〔註47〕趙凱：《悲劇與人類意識》，頁78。

〔註48〕朱光潛：《悲劇心理學》，頁115～116。

〔註49〕悲劇的和解是通過倫理力量的衝突，消除對立雙方的片面性，恢復倫理力量的和諧與統一。詳見黑格爾著，朱孟實譯：《美學（四）》，頁319、349。

〔註50〕文中「永恆正義」一詞，在朱孟實譯注中，意指理性或命運的合理性。此處言「命運」的合理性，黑格爾沿用 Schicksal（命運）這個詞，實際上否定宿命論。Schicksal 這個詞在西文裡除了「命運」的意義之外，還有「遭遇」、「結局」的意思，黑格爾傾向於用後一個意義。詳見黑格爾著，朱孟實譯：《美學（四）》，頁348。

〔註51〕詳見黑格爾著，朱孟實譯：《美學（四）》，頁299、345。

〔註52〕趙凱：《悲劇與人類意識》，頁77。

〔註 53〕它的目的在於表現出人生可怕的一面，在我們面前演出人類難以形容
的痛苦、悲傷，演出邪惡的勝利，嘲笑人類爲偶然性所挾制，演出正直、無
辜的人們不可挽救的失陷，以此暗示宇宙和人生的本質。〔註 54〕叔本華亦曾
指出：「寫出一種巨大的不幸是悲劇裡唯一基本的東西。」〔註 55〕統整上述資
料，可發現叔本華的悲劇觀有一項特點，即頗爲強調「受難」的部分，這並
非每位哲學家在論述悲劇時都會提及的觀點，有學者對此認爲，這是叔本華
從哲學的悲劇觀念，逐漸向文藝的悲劇觀念靠近的緣故。〔註 56〕

　　悲劇表達人生的不幸與痛苦，悲劇的根源亦即不幸的根源，而這些人生
中的痛苦究竟從何而來，叔本華的理解是：源於「意志」。意志代表著人類不
可遏止的欲求，當人類一旦堅持滿足這些欲求時，就無可避免地將爲自己帶
來無盡的痛苦和災難。人類在「欲求－滿足－欲求」的痛苦循環中，藉由通
過藝術上的審美觀照，或可暫時從痛苦中解脫出來，叔本華認爲「悲劇」即
是擺脫欲求最好的藝術形式。〔註 57〕悲劇之所以異常地使人振奮的原因，如
同叔本華所言，是因爲逐漸體認到生命並不能徹底滿足我們，因此也就不值
得苦苦依戀。正是這一點構成悲劇精神，也因此引向淡泊寧靜。〔註 58〕所以
我們在悲劇裡看到那些最高尚的人物，在漫長的鬥爭和痛苦之後，最後永遠
放棄了他們先前所熱烈追求的目的。〔註 59〕

　　在悲劇中可體會出什麼樣的人生哲學，鄧安慶根據叔本華的人生悲劇
論，列舉四大要點說明：〔註 60〕一、人一旦出生就必須忍受匱乏、不足、追
求、掙扎等等不幸，最終仍一無所獲。二、人的本性由意志決定，意志即無
止的欲求，這便造成人性的險惡，也是悲慘命運的根源。三、人生幸福僅具
消極性：幸福是短暫、稍縱即逝的，即是就在幸福的當下，也不易有強烈的
感覺，須以痛苦去作對照才能體會，最後無論如何追求，也仍無法得到幸福。
四、人生無法避免空虛和死亡：在生存的形式中，時間與空間本身是無限的，
而個人擁有的卻極其有限。

〔註 53〕叔本華著，石冲白譯：《作爲意志和表象的世界》，頁 350。
〔註 54〕叔本華著，石冲白譯：《作爲意志和表象的世界》，頁 350。
〔註 55〕叔本華著，石冲白譯：《作爲意志和表象的世界》，頁 352。
〔註 56〕鄧安慶：《叔本華》（臺北：東大圖書股份有限公司，1998 年），頁 125。
〔註 57〕趙凱：《悲劇與人類意識》，頁 86。
〔註 58〕鄧安慶：《叔本華》，頁 125～126。
〔註 59〕叔本華著，石冲白譯：《作爲意志和表象的世界》，頁 351。
〔註 60〕詳見鄧安慶：《叔本華》，頁 182～185。

　　叔本華認為欲求和掙扎是人的全部本質，所以人從來就是痛苦的，然而
欲求即使被滿足，也不代表卸下痛苦。從欲求到滿足又到新的欲求產生，如
果過程陷於停頓，那麼生命將流於空虛無聊的境地當中：

> 如果人因為他易於獲得的滿足隨即消除了他的可欲之物，而缺少了
> 欲求的對象，那麼，可怕的空虛和無聊就會襲擊他，即是說人的存
> 在和生存本身就會成為他不可忍受的重負。所以人生是在痛苦和無
> 聊之間像鐘擺一樣的來回擺動著；事實上痛苦和無聊也就是人生的
> 兩種最後成分。〔註61〕

人類之所以不斷地欲求，其中一個因素可能是，理想與現實的矛盾長期困擾
著人類的心靈，事實上人類歷史本身就是不斷追求和自我完善的過程，因此
人類生活也就在追求理想和實現理想之間繼續下去。〔註62〕所以「欲求—滿
足—欲求」的循環，是生活中的常態，有所欲求時，痛苦；但無所欲求時，
也並非幸福，取而代之的是對生命感到無聊厭倦，人生就是在痛苦和無聊之
間來回擺盪，像鐘擺一樣。

　　人類很早就意識到自己的死亡，動物只在死亡中才認識死亡，而人類則
是有意識地一小時一小時走向自己的死亡。〔註63〕短促、飄忽、無常，這種
生命的有限性常使人類感到焦慮，也希望自己能通過理性來掌握無窮的事
物，然而時間使一切產生變化或者消逝，人類所渴求的永恆並不存在，只能
確認「現在」逐漸在消失當中，這種時間感是源於面向死亡而產生，人類終
其一生都在與死亡戰鬥，以各種方式，即使早知自己最終必將戰敗，這又何
嘗不是人生的最大悲劇。

二、「悲劇意識」的產生

　　人類早期由於預知死亡的存在，所以很快的就已出現悲劇意識，並認定
死亡是一件悲哀的事。〔註64〕隨著歷史的演進與發展，人類同時也不斷地自
覺悲劇意識，從人生對生命苦難、毀滅的恐懼與痛苦，逐漸形成人類意識中
的悲劇意識，而正是在這種生命的悲劇意識驅使下，人類才產生超越死亡，

〔註61〕叔本華著，石沖白譯：《作為意志和表象的世界》，頁427。
〔註62〕趙凱：《悲劇與人類意識》，頁90。
〔註63〕叔本華著，石沖白譯：《作為意志和表象的世界》，頁71～72。
〔註64〕初民既能感到現世的歡樂，又因預知死亡而感到悲哀，在這哀樂交融之際，
　　　　形成人類最初的悲劇性意識。詳見趙凱：《悲劇與人類意識》，頁5。

追求永生的舉動。〔註 65〕事實上，人的生命本質就具有悲劇性，這種悲劇性通常表現在人類以有限的生命去超越無限、對抗無限的過程當中：

> 人類的悲劇意識，雖然往往表現於人在實踐活動中因社會與歷史的局限而遭致的痛苦和磨難，卻深根於人作為有情欲的存在物、它的與生俱來的苦惱和矛盾。生存與死亡，理智與情感，理想與現實的矛盾衝突，長期困擾著人類的內心世界，人的諸種實踐感覺都不可擺脫地融入了這種悲愴性意識，整個人生的體驗都浸泡在這種困擾在進退維谷的悲劇性的境遇中，它釀成了人類永恆的悲劇。〔註 66〕

生存與死亡、理智與情感、理想與現實的矛盾衝突，是人類無可避免的窘境，長期困擾人類的內心世界，人類的悲劇意識統攝著困惑、痛苦、惆悵、憂患……的內心體驗，為了與苦難戰鬥，為了抵抗死亡，人類不斷欲求，展現強大旺盛的生命力，這同時也是造成悲劇性的前提。人類的悲劇意識，正是人類從現實世界到達理想境界的漫長歷程中，所必然生成的哀怨、憂患和進取的精神。〔註 67〕

若把人類的悲劇意識訴諸於文學，也就是所謂的悲劇了，無論是詩、戲劇、小說等文學體裁，都可能涵納悲劇意識，形成悲劇藝術。悲劇藝術代表對苦難人生的昇華，表現人類對苦難命運的抗爭，並透過悲劇人物的毀滅或死亡，否定悲劇的製造者，肯定悲劇人物的悲劇精神。因此，有學者甚至認為，悲劇集中反映、代表了一個時代或一個歷史時期的文學觀念和文學創作的最高成就。〔註 68〕

以西方歷史進程觀之，每一個歷史時期對於悲劇意識的理解會有所差異，也都各有側重之處。〔註 69〕在較早期的古希臘悲劇中，我們看見人類強烈追求自我完成的生命熱情，看見生命中的恐懼、困惑、與矛盾衝突，體會由這種矛盾衝突所帶來的慷慨與悲涼交織、自尊與自卑相融的人生情調。雖然他們仍存有對生命的焦慮，尚未擺脫命運力量的網羅，但他們已從原始的生命衝動，逐漸昇華至對自身命運的自覺思考。隨後中世紀，基督教神學逐

〔註 65〕 邱紫華：《悲劇精神與民族意識》，頁 17。
〔註 66〕 趙凱：《悲劇與人類意識》，頁 4。
〔註 67〕 趙凱：《悲劇與人類意識》，頁 11。
〔註 68〕 趙凱：《悲劇與人類意識》，頁 8。
〔註 69〕 本文有關西方各歷史時期對悲劇意識的理解，皆參酌自趙凱：《悲劇與人類意識》，頁 25～57。

漸成為人們的核心價值，人類在自然與社會中所生成的悲劇性主體意識卻開始倒退，基督教悲劇觀認為現世的縱欲與沉淪是悲劇的根源，悲劇的意義在於對自身罪惡的懺悔，和神對人的自由意志的懲罰。當神學漸弱，人文復甦的文藝復興時期，人文主義樂觀地想像，人有解決生活矛盾、社會矛盾的信心，然而傳統觀念的崩潰，現有秩序的失調，導致社會產生普遍的精神危機，悲劇作家莎士比亞觀察到這一點，發現各種社會矛盾比想像中的更為尖銳，難以調和，因此他的筆鋒著力於挖掘人物的重大精神危機，表現他們憂患、痛苦和徬徨的悲愴情感。在他的戲劇中，悲劇性不僅僅做為對抗的社會勢力的衝突，而主要是作為人物內心世界的矛盾而表現出來。在莎士比亞之後的古典主義，悲劇性表現在道德責任和個人情感之間的衝突中，悲劇的意義著重於理性對情感的征服，也因此淡化了悲劇性的主體意識。至十九世紀批判現實主義的悲劇作品中，悲劇人物洋溢著自由發展的情感，這種情感受一旦到外界擠壓侵蝕，或回縮至內心深處，或變得畸形、殘缺，因而悲劇人物總在理想與現實、現實與本能間痛苦徘徊著。這些悲劇人物的藝術形象所蘊藏的悲劇意識，標示著作家已深刻認識悲劇性史實，並從中擷取了真實的藝術情感。十九世紀後，悲劇在現代派作家眼裡，成為人所無法逃避的現實，悲劇的意義已不再是人與自然或人與社會的衝突，而是人被自身所創造的力量壓抑束縛著，悲劇文學充斥著孤獨、悲戚、懷疑和痛苦，使現代派文學中的悲劇意識沾染了悲觀及虛無的色彩。

小　結

　　亞里斯多德首將「悲劇」予以理論化，有系統地論釋了悲劇的定義、要素等層面，認為「悲劇」要能引發讀者觀眾憐憫或恐懼的情緒。從悲劇中所產生的憐憫，與同情、多愁善感不盡相同，悲劇讓人體悟到一種人生中的不確定感、無力感、有限性等……，這些都能獲得讀者的共鳴。生活中的災難亦不全然可以被納入悲劇的美學之中，悲劇中的恐懼來自一股令人畏懼的力量，這股力量將帶領觀眾、讀者，使其精神層次邁向一個新的高度，甚至使讀者受到激勵或鼓舞。

　　卡爾‧亞斯培以神話來詮釋悲劇，想像有一股神祕力量決定所有一切，這個「操縱者」，其實就是所謂的「命運」，而命運的內涵，則以不同的神話

形式出現，它可以是無法破除、代代相傳的家族罪孽，成爲非個人與隱匿的詛咒。朱光潛閱讀希臘悲劇時，也認爲它們反映了一種陰鬱的人生觀：人類孱弱無知，對手是嚴酷的眾神，以及無情而變化莫測的命運。

悲劇中的痛苦與邪惡，究竟是源自命運或性格，歷來說法不一，莎士比亞悲劇中將苦難的原因全都歸結爲人物性格上的某種弱點；易卜生的作品中已發揮了極強的個人主義色彩，整體看起來是性格比命運重要；叔本華認爲寫出一種巨大的不幸，是悲劇裡唯一基本的東西，而不幸來自許多不同的途徑：一類是極惡之人肇禍，一類是盲目的命運使然，最後一類是由於劇中人物關係、地位的不同而造成對立與傷害。

矛盾衝突的必然性是悲劇美的根本屬性之一，也是悲劇最普遍、最常見的基本方式。黑格爾的戲劇理論談及悲劇的產生是由於兩種互不相容的倫理力量的衝突，在悲劇衝突的結局中，不是二者毀滅就是一方退讓，稱之爲「和解」，即通過代表片面理想的人物遭受痛苦或毀滅，從而達到一種和諧。

悲劇表達人生的不幸與痛苦，悲劇的根源亦即不幸的根源，而這些人生中的痛苦究竟從何而來，叔本華的理解是：源於「意志」。意志代表著人類不可遏止的欲求，當人類一旦堅持滿足這些欲求時，就無可避免地將爲自己帶來無盡的痛苦和災難。人類在「欲求—滿足—欲求」的痛苦循環中，藉由通過藝術上的審美觀照，或可暫時從痛苦中解脫出來，叔本華認爲「悲劇」即是擺脫欲求最好的藝術形式。

隨著歷史的演進與發展，人類同時也不斷地自覺悲劇意識，從人生對生命苦難、毀滅的恐懼與痛苦，逐漸形成人類意識中的悲劇意識，而正是在這種生命的悲劇意識驅使下，人類才產生超越死亡，追求永生的舉動。人的生命本質就具有悲劇性，這種悲劇性通常表現在人類以有限的生命去超越無限、對抗無限的過程當中。而悲劇藝術代表對苦難人生的昇華，表現人類對苦難命運的抗爭，並透過悲劇人物的毀滅或死亡，否定悲劇的製造者，肯定悲劇人物的悲劇精神。

第三章 《紅樓夢》中的衝突悲劇

　　根據本文第二章的論述，悲劇的形成根源於「衝突」，人與人之所以產生衝突，即是每個人都擁有各自的倫理力量，而當此不相容的兩股倫理力量碰撞在一起時，得勢必纏鬥到一方的犧牲、退讓、毀滅，又或者是兩敗俱傷的局面才得以告終，於是悲劇就成型了。「因此一個具有悲劇自覺的作家，必定會在他的意識中經營著某種『衝突』和『反抗』，其結果是這個悲劇作家之描寫殘酷的事實和醜惡的面貌，正是無可避免的，這情形正發生於曹雪芹之創作《紅樓夢》。」〔註 1〕故本章著眼於《紅樓夢》的悲劇如何在衝突中成型，將原著的悲劇人物所代表之倫理力量略分為男性與女性、上層與下層、榮府與寧府，試以群體的角度作為分類的依據，敘述其衝突的起源、衝突的爆發，最終達到衝突的和解之悲劇歷程。

第一節 男性與女性的衝突悲劇

　　男性與女性的衝突，往往在這兩種關係中發生：一是愛情關係，一是婚姻關係。尼采曾說：「愛和毀滅：他們譜出了永恆。愛的意志，那就是也要死亡的意志。」〔註 2〕從這段話可略見男性與女性在愛情關係中衝突之劇烈。此外古代以現實環境、家族利益為考量結合的婚姻，終將也會因為這些理由而

〔註 1〕陳瑞秀：〈紅樓夢悲劇美學探源〉，收錄於氏著《說紅樓談三國》，（臺北：文津出版社有限公司，2007 年），頁 69。

〔註 2〕尼采著，林建國譯：《查拉圖斯特拉如是說》（臺北：長鯨出版社，1979 年），頁 144。

產生矛盾、造成衝突。而這些衝突都將迎來悲劇。本節試以此觀點，論述《紅樓夢》男性與女性的衝突悲劇。此外，為凸顯二元對立之主題更加明確，《紅樓夢》中有關同性之間的衝突悲劇，本文暫不論述。

一、愛情關係中的男女衝突悲劇

以下從賈寶玉與林黛玉、尤三姐與柳湘蓮、司棋與潘又安等人的愛情關係，探討《紅樓夢》中男性與女性的衝突悲劇。

（一）賈寶玉與林黛玉

愛情關係中男性與女性，最在乎的大概就是能夠確認彼此愛情關係的存在，然而《紅樓夢》所處的時代卻不是一個可以自由表達情感的時代，「寶黛二人生活的環境是一個『禮』的世界，不能容忍他們對『情』的執著追求。他們帶有叛逆色彩的愛情越是發展，忍受的壓抑和痛苦就越大，最終走向悲劇結局也就不可避免。」〔註3〕寶玉與黛玉在禮的世界使力擠壓出情的空間，如此不易，尤其黛玉的女性身分讓她限制更多，於是任何傳情的事物都讓她備感珍惜。例如第十七、十八回中，黛玉誤認寶玉將自己所贈之香囊袋隨意給人，一賭氣便把手上新為寶玉縫製的香囊袋給鉸斷，二人又是口角又是哭，直至寶玉把衣領解了，從裏面紅襖襟上將黛玉所給的那荷包解下來，黛玉才自悔莽撞。寶玉、黛玉日常生活諸如此類的小衝突極多，二人和好後感情雖更親厚，但也無形耗損他們身在禮教社會中的生存能量，最終招致賈府上層長輩的覺察，進而抑制這種自由戀情的發展。〔註4〕

除此之外，現實還另有一道厚重的陰影籠罩在他們上頭，那便是「金玉姻緣」之說〔註5〕，尤其在黛玉心裡，幾乎已成心病，一碰觸便發作，可謂是寶玉與黛玉之間最大的衝突點。由「金玉」而起的衝突，輕則如第十九回黛玉笑道：「我有奇香，你有『暖香』沒有？」寶玉見問，一時解不來，因問：

〔註3〕張俊：《清代小說史》，（浙江：浙江古籍出版社，1997年），頁384。

〔註4〕《紅樓夢》第九十七回，賈母曾說「如今大了，懂的人事，就該要分別些，才是做女孩兒的本分，我才心裏疼她。若是她心裏有別的想頭，成了什麼人了呢！」、「咱們這種人家，別的事自然沒有的，這心病也是斷斷有不得的。林丫頭若不是這個病呢，我憑著花多少錢都使得；若是這個病，不但治不好，我也沒心腸了。」（頁1500）

〔註5〕《紅樓夢》第二十八回，敘述薛姨媽對王夫人等曾提過「金鎖是個和尚給的，等日後有玉的方可結為婚姻。」（頁447）第三十四回，薛蟠對寶釵說：「從先媽和我說，你這金要揀有玉的才可正配。」（頁527）。

「什麼『暖香』？」黛玉點頭嘆笑道：「蠢才，蠢才！你有玉，人家就有金來配你；人家有『冷香』，你就沒有『暖香』去配？」（頁309）黛玉表面上以揶揄的方式去試探寶玉的意思，其實對金玉之說也帶有一些不以為然。由「金玉」而起的衝突，重則如第二十九回，清虛觀張道士給寶玉提親，寶玉、黛玉心理不受用，又因此口角：黛玉聽說，便冷笑了兩聲，「我也知道白認得了我，我哪裏像人家，有什麼配的上呢！」……那寶玉又聽見她說「好姻緣」三個字，越發逆了己意，心裏乾噎，口裏說不出話來，便賭氣向頸上抓下通靈寶玉來，咬牙恨命往地下一摔道：「什麼撈什骨子，我砸了你完事！」（頁462～467）此次爭執鬧到寶玉砸玉、黛玉嘔藥，還驚動賈母，可見衝突之大。此二人之真心，往往藉由假意試探，黛玉心念寶玉一聽「金玉」便著急，想是寶玉怕自己多心，故意哄她，殊不知寶玉是真著急，為的是不使黛玉焦心，而這些大大小小的衝突多半也在寶玉的溫言款語下獲得和解。

　　黛玉的心裡其實明白寶玉對自己的用心，只是寶玉「見了姐姐，忘了妹妹」，這些周旋於寶玉身邊的姐妹如寶釵、湘雲等，常使黛玉耿耿於懷，偶爾也與她們發生衝突，但這些衝突到最後往往會演變成黛玉與寶玉的衝突：「寶玉的用情有時不專，表姐妹之間的誤會與猜疑遂生。煩惱、衝突、挫折等引致的『移置作用』（遷怒 displacement），除對表哥寶玉可以發脾氣作為唯一發洩對象外，她多方自抑，而這種『攻擊』發洩不能外向而『內轉』（introversion），更增重了她身體的病況而病由此深。」〔註6〕這裡與其說黛玉與寶釵、湘雲等人齟齬後總是對寶玉發脾氣發洩，毋寧說「黛玉尤其是慣於以自己的槍彈穿過寶玉去射擊敵人。凡黛玉與寶釵或湘雲的抵觸，在形式上總是便成黛玉和寶玉的衝突。」〔註7〕例如第二十二回中，眾人見戲臺小旦的扮相形似黛玉且不說破，惟湘雲快人快語托出，寶玉此時忙向湘雲使眼色，這個動作竟一下子激怒湘雲、黛玉二人，使得寶玉、黛玉又生口角。黛玉與姐妹們發生衝突，其實最根本的原因還是寶玉，黛玉對於這段愛情關係沒有把握，世事難測，黛玉見寶玉與她們好，不免心急含酸，因為不好與姐妹們為了寶玉直接起衝突，所以最後就只能與寶玉爭執。

〔註6〕余昭：《紅樓人物人格論解》（臺北：INK 印刻出版有限公司，2008 年），頁66。

〔註7〕太愚：《紅樓夢人物論》，收錄於《紅樓夢藝術論‧甲編三種》（臺北：里仁書局，1984 年），頁192。

　　「禮與情的協調與制約，形成了情文化的一種傳統；但另一方面，以情抗禮的非主流文化，也生生不息的顯現了強大生命力。」〔註8〕寶玉與黛玉的這段愛情關係中，情與禮的作用十分矛盾，他們的現實生活層面仍處於禮的世界，禮教的束縛仍緊捆著寶玉、黛玉二人，使他們情感交流時總是受挫。儘管二人的愛情關係在傳統社會中已具有自由、叛逆的色彩，但也僅止於精神層面的想望，實際上他們能做的十分有限，因此似乎常以衝突來驗證這段關係的存在，也為自己及對方帶來無限痛苦。若偶然在衝突中瞥見彼此的一絲真心，才有可能使他們為愛變得勇敢一些，忘卻禮教枷鎖，展現力求突破禮教的前衛力量。從這個觀點來看，寶玉的作為是較黛玉積極的，可能也與他的男性身分有關，「寶玉總想借助於才子佳人的戀愛教材來打通一條交通線」〔註9〕，可是他沒想到，「這是最容易傷害了黛玉應有的閨秀之自尊」〔註10〕。例如第二十六回中，某日寶玉無事，信步至瀟湘館：

> 寶玉笑道：「紫鵑，把你們的好茶倒碗我吃。」紫鵑道：「那裏是好的呢？要好的，只是等襲人來。」黛玉道：「別理他，你先給我舀水去罷。」紫鵑笑道：「他是客，自然先倒了茶來再舀水去。」說著倒茶去了。寶玉笑道：「好丫頭，『若共你多情小姐同鴛帳，怎捨得疊被鋪床？』」林黛玉登時摔下臉來，說道：「二哥哥，你說什麼？」寶玉笑道：「我何嘗說什麼。」黛玉便哭道：「如今新興的，外頭聽了村話來，也說給我聽；看了混帳書，也來拿我取笑兒。我成了爺們解悶的。」一面哭著，一面下床來往外就走。寶玉不知要怎樣，心下慌了，忙趕上來，「好妹妹，我一時該死，你別告訴去。我再要敢，嘴上就長個疔，爛了舌頭。」（頁412）

這裏寶玉用了《西廂》的故典，引自張生與紅娘的話，表面上像是與紫鵑開開玩笑，事實上是與黛玉調情，儘管有些失於輕佻，然寶玉視黛玉為共讀《西廂》的盟友，理應會心，沒想到黛玉登時摔下臉來，一面哭一面走。這其實也是黛玉內心最糾結的地方。夏志清曾評黛玉：「如果說她確實是一個悲劇人物的話，那麼她的悲劇就在於她的固執和不講實際，在於她違反常情的矛盾：一方面她真心希望和自己的意中人結婚；另一方面又唯恐為此而做的任何努

〔註8〕　詹丹：《紅樓情榜》（臺北：時報文化出版企業股份有限公司，2004年），頁42。
〔註9〕　太愚：《紅樓夢人物論》，頁194。
〔註10〕　太愚：《紅樓夢人物論》，頁194。

力會招人耳目而損害自己的名譽。」〔註 11〕所謂應有的閨秀之自尊、所謂的自己的名譽，這是黛玉身處傳統社會所不能卸下的禮教包袱，即使一心嚮往自由戀情，如要悖棄禮教也是做不到的，因爲黛玉深知那將使她根本無法立足於這個世界，因此黛玉只好外冷內熱地期待有一天賈母能在婚事上爲自己作主。至於寶玉，只是堅定而執著地繼續與黛玉相愛，無所作爲地靜候父母之命。末了，他們期待落空，寶玉、黛玉的愛情敗於禮教的壓制，也敗於二人對禮教的信守。〔註 12〕寶玉與黛玉之間，源於爲了確認彼此愛情關係而起的各種衝突，在寶玉婚事底定、黛玉焚稿辭世之際達到最終的和解，黛玉以毀滅做了退讓，寶玉則在無知中投身另一個衝突悲劇的開始。

（二）尤三姐與柳湘蓮

　　尤三姐在《紅樓夢》中是一個極爲奇特的女子，她的形象有著階段性不同的變化。第六十三回中，出身市井貧寒的尤三姐隨母姊投靠賈府，一登場尤氏姊妹就讓讀者見識到賈蓉如何下流無恥地調戲尤二姐，讓尤三姐想要撕賈蓉的嘴，但事後兩姊妹仍與賈蓉說笑，大抵既是來投靠，姿態就不能擺高。隨後尤氏母女在賈府住下，尤三姐看不慣賈珍、賈璉、賈蓉等人對女性的玩弄與凌辱，態度逐強硬了起來，以犧牲色相作賤男子的方式來進行報復，「她雖然看似取得了與賈珍之流的抗爭的勝利，但付出的代價實在過太昂貴，因爲從此以後，她就背上了淫蕩的惡名，無法立足於傳統社會，除非她願意走上自我放逐的人生道路。」〔註 13〕

　　爲了生存，尤三姐與賈珍等人戰鬥，背負淫蕩惡名，但內心仍舊懷有對真情的嚮往：「但終身大事，一生至一死，非同兒戲。我如今改過守分，只要我揀一個素日可心如意的人，方跟他去。若憑你們揀擇，雖是富比石崇，才過子建，貌比潘安的，我心裏進不去，也白過了一世。」（第六十五回，頁 1029）從這段話可知尤三姐對於自己的婚姻是有看法的，帶有自主精神，而這個讓尤三姐心裏進得去、堪爲婚配的對象，即是多年前有過一面之緣的柳湘蓮。經賈璉作媒，柳湘蓮原以鴛鴦劍爲聘禮，在得知尤三姐與寧府的關係後，悔婚索聘，尤三姐至此心死，對生活、對愛情已徹底的絕望，〔註 14〕終以鴛鴦

〔註11〕夏志清：《中國古典小說導論》（安徽：安徽文藝出版社，1988 年），頁 304。
〔註12〕張華來：《漫說紅樓》（北京：人民文學出版社，1978 年），頁 572～573。
〔註13〕詹丹：《紅樓情榜》，頁 145～146。
〔註14〕詹丹：《紅樓情榜》，頁 143。

劍自刎。尤三姐的悲劇或可說是她與柳湘蓮「中間距離得太遙遠了，兩個人的心靈不能越過寧府那種濁水蒸騰起來的濃霧而溝通。柳湘蓮只知道『東府裏除了那兩個石獅子乾淨罷了』，卻不夠理解到美而潔的蓮花偏是從污泥中挺拔出來的。」〔註15〕尤三姐這朵蓮花，以其艷、以其烈，徒留讀者昂揚悲壯之情：

> 尤三姐的自刎，贏得「剛烈」的美名，但是尤三姐的故事，當然不是一個傳統節婦的故事。尤三姐的死完全是愛情的幻滅，意志的摧折！但凡以意志來驅策愛情的，大約總難免一個毀滅。因此，這一種激越的浪漫之愛，演變到如此情況，也就失去了早先那歡快的基調，而不能不落進悲劇的死陰中。它雖然仍舊是奔放昂揚的情感，卻帶有剛強肅殺之氣，使人在浪漫心情下，不免生出凜然感覺來。〔註16〕

尤三姐的自刎不僅為明志，更為失落的愛情進行自我毀滅，尤三姐的愛原來崇高浪漫，一面之緣沉積為多年心事，細心收存，在洗淨以淫制淫的抗暴風塵之後，喜獲鴛鴦定禮，從此守分潛居，等待愛情回歸，然而這種純直的感情，卻不敵寧府污名，而尤三姐在柳湘蓮悔婚索聘的那一刻起，貞潔與否的命題，辯證已無所用途，內在熱情被自尊抑下，但決不能對這樣的後路置之不理，尤三姐立時裁決了自己的命運——那就毀滅：

> 假如，詩是反映一種心境，那麼小說便是暴露人物的人生選擇，因此只要是有情節的故事，最後它終要導出這個人物的重大行動。也就是欲抑在內心的熱情，在小說中它必須要一番裁決，不會永遠那樣靜態的延續下去。而一當它有所裁決形成具體行為投射出去時，那常常就是一個爆發性的行動，這個行動，必將強有力地改變行為者的命運，換句話說，這故事的主人，因為對他的愛情有所決而創造了一個新命運。不管這命運的好歹，他使自己的人生有所突破，在這一種精神結構上，愛情故事當然已不再是詩的抒情，而是戲劇的命運決衝。〔註17〕

尤三姐的自我毀滅，使世俗眼中的理當淫蕩與淤泥中的不染之潔這兩股力

〔註15〕太愚：《紅樓夢人物論》，頁77。

〔註16〕樂衡軍：《古典小說散論》（臺北：純文學出版社有限公司，1977年），頁199。

〔註17〕樂衡軍：《古典小說散論》，頁215～216。

量，由激烈衝撞的歷程回歸和解，她爲自己的愛情創造了一個新的命運，不
啻以崇高狂放的姿態與一切抗衡，終綻放出綺麗壯闊、直搗人心的悲劇之花。

（三）司棋與潘又安

司棋是賈府二姑娘迎春的大丫鬟，在大觀園中可算是少數極大膽的自由
戀愛主義者，她在大觀園裡發生了兩件大事：其一，第七十一回中曾讓鴛鴦
撞見她與舅姑兄弟潘又安在大觀園幽會的場面，鴛鴦沒有追究，結果是潘又
安逃走不見。司棋聽了，氣個倒仰，因思道：「縱是鬧了出來，也該死在一處。
他自爲是男人，先就走了，可見是個沒情意的。」因此，又添了一層氣。次
日便覺心內不快，百般支持不住，一頭睡倒，懨懨的成了大病。（第七十二回，
頁 1121～1122）司棋視潘又安是個知心的，未料幽會事發後竟一個人自走了，
足見潘又安沒情意。從這番想法可知司棋對愛情關係的一個認定，就是「有
情意」，只要是有情意的，幽會的事被揭發無妨，要一起死也無妨，這麼勇敢
承認並且承擔自己愛情的女子，古來大概少見。潘又安一事暫且被擱下，首
尾則待見後話。其二，第七十四回中，鳳姐率眾抄檢大觀園，在司棋處起出
潘又安私贈的信物及字帖，上面寫道：

> 上月你來家後，父母已覺察你我之意。但姑娘未出閣，尚不能完
> 你我之心願。若園內可以相見，你可托張媽給一信息。若得在園
> 內一見，倒比來家得說話。千萬，千萬。再所賜香袋二個，今已
> 查收外，特寄香珠一串，略表我心。千萬收好。表弟潘又安拜具。
>
> （頁 1164）

信箋的內容以現代的眼光來看，是一封戀人之間頗爲單純的書信往來，也可
看出司棋與潘又安二人確實沉浸在自由戀愛的氛圍當中，只是私贈信物、私
情授受一事在大觀園中非同小可，司棋還是免不了被擯的命運。

不過令人覺得比較特別的是司棋的反應，當司棋的這些私密信物被起
出，成爲繡春囊的嫌疑人之後，司棋也只是低頭不語，卻毫無畏懼慚愧之意。
令人不禁想問司棋的勇氣何來，根據作者「知情更淫」和「情既相逢必主淫」
的說法，這種世俗所不諒的「姦情」未必一定是什麼罪惡。〔註18〕這或許就
是司棋毫無畏懼慚愧的原因，因與對方是眞心相待，故一時被揭發了也不愧
對誰，何況司棋還是一個能與戀人一起死的人。司棋家去後，潘又安現身，

〔註18〕余英時：《紅樓夢的兩個世界》（臺北：聯經出版事業股份有限公司，1978 年），
　　　　頁 58～59。

想再續前緣，司棋雖愛意堅定，然母親不允，司棋便一頭撞在牆上，把腦袋撞破，鮮血直流，竟死了。潘又安是因想著司棋才回來的，心也算是真了，便隨著司棋，把帶的小刀子往脖子裏一抹，也就抹死了。自古男子殉情較少見，潘又安一反傳統，重情感、棄功名，此價值觀樹立了他在愛情上的高度。面對司棋殉情，能以不可逆之死亡回報，也是知音了。〔註19〕所可奇怪的是：潘又安和司棋這兩個下人卻都是戀愛至上主義者。作者似欲訴說，戀愛本不限於才子佳人，也不是非得純粹的靈魂交往才算高尚；在奴婢群中照樣存在著真摯貞固的情操。〔註20〕司棋與潘又安雙雙在欲愛與棄愛的衝突當中，一前一後走向毀滅一途，悲劇的力量正在熾熱燃燒。

二、婚姻關係中的男女衝突悲劇

以下從賈寶玉與薛寶釵、賈璉與王熙鳳、賈蓉與秦可卿等人的婚姻關係，探討《紅樓夢》中男性與女性的衝突悲劇。

（一）賈寶玉與薛寶釵

《紅樓夢人物論》中有一段非常經典的評論：「寶玉和黛玉是本質的一致而形式上衝突，寶玉和寶釵是形式上諧和而本質上矛盾。」〔註21〕寶玉與寶釵表面上幾乎沒有發生什麼衝突，惟有一次寶玉打趣寶釵體豐怯熱，寶釵大怒，藉機反諷還以顏色，〔註22〕此外他們二人之間的相處一直是和諧的。他們真正產生齟齬的地方，在於思想層面。

寶釵是一個務實、入世的人，她對寶玉也有好感，不過這種好感與黛玉的不同，「黛玉深愛寶玉，肯定他個人的價值，而且是不帶任何條件的肯定。」

〔註19〕陳蓉萱：〈《紅樓夢》丫鬟析論——以重點人物為主〉，（國立台灣師範大學國文學系在職進修碩士班碩士論文，2008年），頁128～129。

〔註20〕太愚：《紅樓夢人物論》，頁73。

〔註21〕太愚：《紅樓夢人物論》，頁182。

〔註22〕《紅樓夢》第三十回：寶玉聽說，自己由不得臉上沒意思，只得又搭訕笑道：「怪不得他們拿姐姐比楊妃，原來也體豐怯熱。」寶釵聽說，不由的大怒，待要怎樣，又不好怎樣。回思了一回，臉紅起來，便冷笑了兩聲，說道：「我倒像楊妃，只是沒一個好哥哥好兄弟可以作得楊國忠的！」二人正說著，可巧小丫頭靛兒因不見了扇子，和寶釵笑道：「必是寶姑娘藏了我的。好姑娘，賞我罷！」寶釵指她道：「你要仔細！我和你頑過，你再疑我。和你素日嘻皮笑臉的那些姑娘們跟前，你該問她們去。」說得靛兒跑了。寶玉自知又把話說造次了，當著許多人，更比才在林黛玉跟前更不好意思，便急回身又同別人搭訕去了。（頁474）

〔註 23〕而寶釵卻喜歡寶玉所有的社會條件，對他浪漫、出世，厭棄功名舉業的這一面並不是很認同，畢竟在傳統社會中，寶玉的這些作為都有一種叛逆的意味，社會化甚深的寶釵當然對此不以為然，所以才需要「勸」寶玉留心於仕途經濟：

> 湘雲笑道：「還是這個情性不改。如今大了，你就不願讀書去考舉人進士的，也該常常的會會這些為官做宰的人們，談談講講些仕途經濟的學問，也好將來應酬世務，日後也有個朋友。沒見你成年家只在我們隊裏攪些什麼！」寶玉聽了道：「姑娘請別的姊妹屋裏坐坐，我這裏仔細污了你知經濟學問的。」襲人道：「雲姑娘，快別說這話。上回也是寶姑娘曾說過一回，他也不管人臉上過的去過不去，他就咳了一聲，拿起腳來走了。這裏寶姑娘的話也沒說完，見他走了，登時羞的臉通紅，說又不是，不說又不是。（第三十二回，頁 499～500）

這段文字是湘雲笑勸寶玉讀書求取功名，也學學世務應酬，但值得注意的是，寶釵同樣也對寶玉說過類似仕途經濟的話，而且說得比湘雲更早，當時的寶玉不等寶釵說完便咳了一聲，拿起腳來走了，他們在人生志業的看法上實在大相逕庭。儘管如此，寶釵的人為之美仍有吸引寶玉之處，也曾讓寶玉在黛玉與寶釵之間產生迷惑：

> 寶玉一進入大觀園，立刻就面臨了在寶釵與黛玉之間的兩難困境。而這個困境從象徵的層面來看，就是在文化（「金玉」良緣＝成人世界＝文化）與自然（「木石」前緣＝年少世界＝自然）之間的掙扎。寶玉雖也被寶釵所吸引，而從中得知文化也有其美好的一面。但是因為寶玉認定「金玉良緣」（文化）與「木石前緣」（自然）必是截然的兩回事；兩者互斥，則必得取其一端，於是他對「自然」的執著必然落得花果凋零。因為寶玉也是會「長大」的。在傳統的社會裏長大就必須要「結婚」，也就是接受文化的終極洗禮，進入「成人」的世界。〔註 24〕

〔註 23〕余國藩：《重讀石頭記：《紅樓夢》裡的情欲與虛構》（臺北：城邦文化事業股份有限公司麥田出版事業部，2004 年），頁 330。

〔註 24〕廖咸浩：〈說淫：《紅樓夢》「悲劇」的後現代沉思〉，《中外文學》（第二十二卷第二期，1993 年 7 月），頁 94。

在傳統的社會裡必須要長大、成婚，也就是接受文化的洗禮，進入成人的世界，所以賈府為寶玉擇配了具有人文之美的寶釵。寶釵的文化養成會為家族帶來穩定的力量，例如第九十八回中，寶釵見寶玉婚後病中仍為黛玉之事歇斯底里，發了這一番言論：

> 你放著病不保養，何苦說這些不吉利的話。老太太才安慰了些，你又生出事來。老太太一生疼你一個，如今八十多歲的人了，雖不圖你的封誥，將來你成了人，老太太也看著樂一天，也不枉了老人家的苦心。太太更是不必說了，一生的心血精神，撫養了你這一個兒子，若是半途死了，太太將來怎麼樣呢。我雖是命薄，也不至於此。據此三件看來，你便要死，那天也不容你死的，所以你是不得死的。

（頁 1518）

寶釵要寶玉養病，字面上說的盡是老太太、太太，試圖以宗法家族的力量將寶玉拉回現實正軌，說得還有些太過理直氣壯了，讓寶玉聽了竟是無言可答，半晌才笑道：「你是好些時不和我說話了，這會子說這些大道理的話給誰聽？」

對於自然（黛玉）與文化（寶釵）的抉擇，寶玉心中的矛盾與掙扎一直是存在著：「就性靈面來看，黛玉為真，寶釵為假；就世俗面來看，寶釵為真，黛玉為假。所以我們看寶釵與黛玉背後的兩個世界，其實即是形式與內涵，肉體與精神，美麗與才情，世俗與性靈，園外與園內世界等的對立價值。」〔註25〕這些對立的價值不可能兼而有之，唯有超越才能徹底擺脫矛盾，這所謂的超越，即寶玉最終絕塵而去的出世道路。寶釵或許輕估了寶玉對情的執著，甚至寶玉在一般世俗人的眼裏，是一點剛性都沒有的人。其實，寶玉是軟弱與剛性的矛盾統一體。他的剛性表現在對於情的執著和對無情之人的決絕。〔註26〕寶玉認為情是至上的，是絕對的，不能附加任何條件。正是寶玉的這點不可通融的執拗與剛性，使《紅樓夢》中執著與解脫的衝突直至發展到不可調和的悲劇結局。〔註27〕正如夏志清所言：「我相信這部小說的悲劇本質就在於同情和遁世兩種相對要求間的拉鋸戰。」〔註28〕

〔註25〕林景蘇：《不離情色道真如——《紅樓夢》的情欲與悟道》（臺北：大安出版社，2005 年），頁 302。

〔註26〕孫偉科：〈紅樓美學闡釋〉（中國藝術學院博士論文，2007 年），頁 33。

〔註27〕孫偉科：〈紅樓美學闡釋〉，頁 33。

〔註28〕夏志清著、何欣譯：〈紅樓夢裏的愛與憐憫〉，收錄於《紅樓夢藝術論·甲編三種》（臺北：里仁書局，1984 年），頁 303。

（二）賈璉與王熙鳳

賈璉與王熙鳳的婚姻是賈、史、王、薛四大家族彼此聯姻的一個典型的例子，爲了鞏固家族地位，維持利益的延續，這兩個人背後所代表的，是各自家族滲入另一家族的展演與布局，使家族之間的關係更緊密糾纏，不易背叛。於是在這種對價的婚姻裡，守住利益就守住地位，守住地位就守住利益。從這個觀點來看，不難理解鳳姐對待賈璉的態度：「鳳姐對賈璉根本上是兩條方針，一是反對他一夫多妻；二是用錢挾制賈璉，使他不敢對自己生離異之心。」〔註29〕反對一夫多妻，爲鞏固地位，以錢挾制，爲保經濟大權。

鳳姐對自己及家族的定位與財勢非常有自信，自恃不輸賈家，例如第十六回中說起當年太祖皇帝仿舜巡的故事時，趙嬤嬤說道：「賈府正在姑蘇揚州一帶監造海舫，修理海塘，只預備接駕一次，把銀子都花的淌海水似的，說起來……」（頁 243），一語未畢，鳳姐忙接道：「我們王府也預備過一次。那時我爺爺單管各國進貢朝賀的事，凡有的外國人來，都是我們家養活。粵、閩、滇、浙所有的洋船貨物都是我們家的。」（頁 244）鳳姐不等趙嬤嬤細數賈府豐功偉業，讓賈府專美於前，便立即搶話來說，事實上是擺明我們王家也不弱。又如第七十二回，賈璉要鳳姐向鴛鴦借當，鳳姐說：「你們看著你家什麼石崇、鄧通，把我們王家的地縫子掃一掃，就夠你們過一輩子呢。說出來的話也不害臊，現有對證，把太太和我的嫁妝細看看，比一比你們的，哪一項是配不上你們的。」（頁 1126）賈璉自知賈府也需要王家的財力相拱，所以談到經濟、門戶，賈璉也不大駁鳳姐。

在古代這樣一椿對等的婚姻，對女性來說是十分難得的，然而鳳姐心裡明白光是這樣仍不足以穩固自己的地位，因爲——她無子。無子帶給她的憂患意識很明顯地表現在她處理賈璉女性關係的態度上。賈璉的小廝曾說：「人家是醋罐子，她是醋缸醋甕。凡丫頭們，二爺多看一眼，她有本事當著爺打個爛羊頭。」（第六十五回，頁 1031）賈璉自己也說：「她防我像防賊似的，只許她同男人說話，不許我和女人說話，我和女人略近些，她就疑惑；她不論小叔子、侄兒，大的小的，說說笑笑，就不怕我吃醋了。」（第二十一回，頁 333）這是概略的情狀，更具體的事件則是在第四十四回中，賈璉與鮑二家的偷情被鳳姐發現，兩人爆發極大的衝突，鳳姐又哭又撞，賈璉則氣得牆上拔出劍來，當眾要殺鳳姐。賈璉的男性身分讓他擁有發展多重伴侶的合理性，

〔註29〕王志武：《紅樓夢人物衝突論》（陝西：陝西人民出版社，1985 年），頁 144。

而鳳姐則是為了堅守家族利益及地位而不能示弱屈從，因此兩人之間總有諸如此類的衝突，這類型的衝突在尤二姐事件中徹底白熱化。

　　賈璉在賈珍、賈蓉的唆使下偷娶尤二姐，即使一路遮掩隱瞞仍走漏了風聲，不過鳳姐此次沉住了氣，待賈璉遠行去平安州才到寧府發作。鳳姐偽裝賢良，待尤二姐進大觀園之後便層層使計，逼死了尤二姐，若說鳳姐與尤二姐有何等冤仇要下此毒手，其實都只源於賈璉。鳳姐感到命運之威脅和地位動搖的恐怖，她必須用盡一切陰謀與殘酷，以控制環境，以排除異己，她絲毫不寬容，也不鬆懈。〔註30〕鳳姐為了鞏固自身的地位，藉由賈璉的弱點來借刀殺人，對尤二姐反擊，〔註31〕豈不讓人悲嘆，在一個男性霸權的世界裡，女性只能以自相殘殺來鞏固自己的幸福和地位。〔註32〕鳳姐一生汲汲營營，機關算盡，最終也未能得到夢寐以求的一切：

> 他指出一個腐敗、動搖、惶惑和空虛的沒落貴族羣中，有一個最強
> 烈的功利主義的掙扎者；而她征服了自己周圍的一切，似乎已到與
> 現實成功最接近的涯岸邊。但她那麼可愛的聰明才智，那麼可驚的
> 殘忍陰毒，既挽救不了貴族家庭崩潰的整個的趨勢。其結果她自己，
> 反演出了比幾個放棄現實的出世主義者還要可怕的悲劇，給人們以
> 極強的反挫感覺。〔註33〕

鳳姐這麼一個強烈功利主義的掙扎者，渴望世俗的成功，渴望貴族之門的延續，儘管出手的動機看來也不脫帶有私心的成分，只是她還是奮力拼搏一切，直至力盡之後失去人心，遭賈璉冷落，幼女無所託付，但求村嫗擔待。一生入世、一生計較的鳳姐，最後仍避開不了毀滅的命運，相較於出世者早已放棄的態度，苦心鑽營所換來的人生悲劇，不免更讓人驚懼受挫。

（三）賈蓉與秦可卿

　　相較於賈璉、王熙鳳的激烈衝突，賈蓉、秦可卿這一對就顯得「相敬如賓」。賈蓉、秦可卿的婚姻在門戶上較不對等，出身寒門的秦可卿可能是憑著姿色入主賈府少奶奶的地位，因此入門後行事極妥當小心，不能有錯，從第十三回中眾人評秦氏：「那長一輩的想她素日孝順，平一輩的想她素日和睦親

〔註30〕太愚：《紅樓夢人物論》，頁122。
〔註31〕詹丹：《紅樓情榜》，頁154。
〔註32〕詹丹：《紅樓夢與古代小說研究》（上海：東華大學出版社，2003年），頁55。
〔註33〕太愚：《紅樓夢人物論》，頁125。

密，下一輩的想他她素日慈愛，以及家中僕從老小想她素日憐貧惜賤、慈老愛幼之恩……」（頁 200）便可得知秦可卿如何盡心。然而這樣一個裊娜纖巧、溫柔和平的媳婦，我們卻看不到她與賈蓉的任何互動，賈蓉也是個極好女色之人，女性關係淫亂複雜，甚至也與鳳姐調情，〔註 34〕但從未見過與可卿如此，他們二人之間若如秦可卿所言，「卻也是他敬我，我敬他，從來沒有紅過臉兒」（第十一回，頁 180），事實上倒是頗有令人玩味之處。而在秦可卿病重之際，賈蓉除了按父親賈珍的吩咐延請大夫來看病，在鳳姐問起秦氏病情時皺皺眉，說了一句不大好，也不見有任何具體的關懷，這陣子反而還跟著賈薔一起去幫鳳姐設局惡整賈瑞，行無聊至極的勾當，〔註 35〕令人不解。

根據第五回的判詞來看，秦可卿原應懸樑自盡，而在文本中卻以病死作結，其反轉值得探究。從其家人對秦可卿亡故的反應來看，或可尋出一些線索：公公賈珍哭得淚人一般，因過於悲痛，要扶杖才能走，為使喪禮風光恣意奢華，替賈蓉捐官，寫在靈幡經榜上好看；婆婆尤氏素日疼她，卻只因犯了胃疾，便不出來理喪；丈夫賈蓉更奇了，沒有描寫；丫鬟瑞珠隨秦氏觸柱而亡……，凡與秦可卿親近的人，他們的反應都寫到了，就是不提賈蓉的感受，這恐怕不是偶然的。〔註 36〕秦可卿一死，從作者對賈蓉是否悲傷竟未著一筆的情形看來，作者的不寫之寫，最大的可能是尤氏和賈蓉知道了「爬灰」之事，夫妻之間似乎已恩斷情絕。〔註 37〕賈蓉的無感，其實也是與秦可卿的一種衝突，只是這種衝突的形式是隱性的，如此也才能解釋為何眾家人對此事的反應如此的不合情理，可卿死訊咸讓賈府上下「合家皆知，無不納罕，都有些疑心」。

雖然秦可卿被迫與賈珍私通的始末，作者或有所避諱，已無從自原著得

〔註 34〕 第六回：賈蓉笑道：「我父親打發我來求嬸子，說上回老舅太太給嬸子的那架玻璃炕屏，明日請一個要緊的客，借了略擺一擺就送過來。」鳳姐道：「說遲了一日，昨兒已經給了人了。」賈蓉聽說，嘻嘻的笑著，在炕沿上半跪道：「嬸子若不借，又說我不會說話了，又挨一頓好打呢。嬸子只當可憐侄兒罷。」鳳姐笑道：「也沒見你們，王家的東西都是好的不成？你們那裏放著那些好東西，只是看不見，偏我的就是好的。」賈蓉笑道：「那裏有這個好呢！只求開恩罷。」鳳姐道：「碰一點兒，你可仔細你的皮！」（頁 118）

〔註 35〕 詳情見《紅樓夢》第十二回：「王熙鳳毒設相思局・賈天祥正照風月鑑」。

〔註 36〕 陳美玲：《紅樓夢中的寧國府》（臺北：文津出版社有限公司，1999 年）頁 77。

〔註 37〕 陳竣興：〈兼美論——《紅樓夢》人物關係研究〉（國立臺灣師範大學國文學系教學碩士班碩士論文，2009 年），頁 204。

知，但根據書中遺留的線索，大致也不離其宗。尤氏曾說秦可卿「雖則見了人有說有笑，會行事兒，她可心細，心又重，不拘聽見個什麼話兒，都要度量個三日五夜才罷。這病就是打這個秉性上頭思慮出來的。」（第十回，頁 167）這樣心細、心重的人在發生了醜聞之後豈能安生的，治病的大夫也說：「據我看這脈息：大奶奶是個心性高強，聰明不過的人；但聰明太過，則不如意事常有；不如意事常有，則思慮太過。此病是憂慮傷脾，肝木忒旺，經血所以不能按時而至。」（第十回，頁 171～172）秦可卿也自認「這如今得了這個病，把我那要強的心一分也沒有了」（第十一回，頁 180），這「要強的心」就是她掙扎立足於賈府的證明，只是這樣的盡心，終究還是得走向毀滅，源於無奈的迫害，「《紅樓夢》確有悲劇史詩式的格調，它的代表性就在於表現男性的罪，要由女性來贖。」〔註38〕秦可卿的例子，倒是很能這說明一點。

第二節　上層與下層的衝突悲劇

　　主子與奴僕雖生活在一個屋簷下，可卻是兩個世界的人。從古代奴隸制度的運作來看，其實奴僕比較像是主子的所有物，是一種「物」品的觀念，不講「人」權的，主子通常掌握他們的生殺決斷，可買賣、可打罵、可凌辱。在這種制度下，擁有自由意志、平等意志的這些奴僕，最終的下場常是令人悲憤的，因爲他們在反抗的過程當中，會讓讀者看到一種追求人生美好理想的願力，讓人雖爲他們的悲劇哀傷，但也肅然起敬。本節試以此觀點，論述《紅樓夢》上層與下層的衝突悲劇。

一、上層因遷怒而造成的衝突悲劇

　　古代社會中奴僕是主子的所有物，他們的命運都掌握在主子手裡，因此奴僕究竟能得到好命運或是惡命運，端看遭遇什麼樣的主子，有時遇到不過於苛刻、處事上還能契合的主子，大抵生活就還過得去。王夫人房裡的丫鬟金釧，長年在跟前服侍，王夫人也曾說過「比我的女兒也差不多」的話，只因金釧與寶玉調戲幾句，不幸就犯了王夫人男女大防的忌諱：

　　　　寶玉上來便拉著手，悄悄的笑道：「我明日和太太討你，咱們在一
　　　　處罷。」金釧兒不答。寶玉又道：「不然，等太太醒了我就討。」

〔註38〕陳美玲：《紅樓夢中的寧國府》，頁 130。

金釧兒睜開眼，將寶玉一推，笑道：「你忙什麼！『金簪子掉在井裏頭，有你的只是有你的』，連這句話語難道也不明白？我倒告訴你個巧宗兒，你往東小院子裏拿環哥兒同彩雲去。」寶玉笑道：「憑他怎麼去罷，我只守著你。」只見王夫人翻身起來，照金釧兒臉上就打著了個嘴巴子，指著罵道：「下作小娼婦！好好的爺們，都叫你們教壞了。」（第三十回，頁475～476）

金釧當下即被王夫人攆出去，家去後難忍羞辱，一時賭氣便在東南角上投井自盡。王夫人對金釧的死十分悔恨，她攆金釧原是氣話，所以才說：「原是前兒她把我一件東西弄壞了，我一時生氣，打了她一下，攆了她下去。我只說氣她兩天，還叫她上來，誰知她這麼氣性大，就投井死了。豈不是我的罪過！」（第三十二回，頁504～505）她事後還賞了金釧母親五十兩銀，留妹妹玉釧在身邊，吃雙份子。從這裡可知王夫人並非恨金釧，也有意原諒金釧說輕薄話，若真的厭棄，就不會在乎金釧的死活。那麼王夫人的那一巴掌，到底是為何而打呢？

在寶玉找金釧說話的前一陣子，才剛因張道士提親之事與黛玉嚴重衝突，鬧得滿城風雨，最後寶玉連薛蟠的生日也不去，這是寶玉親黛玉疏寶釵的露骨表現，這讓王夫人感到不安。她平日深惡男女廝混之事，又知寶玉與黛玉親近，且黛玉是「金玉姻緣」的絆腳石，但卻無法除去，這股隱憂鬱積於胸中，恰巧在金釧的一句輕薄話中爆發開來，金釧成了王夫人遷怒的對象，那句「好好的爺們，都叫你們教壞了」也很可能是王夫人指桑罵槐地在說黛玉。〔註39〕

王夫人不太喜歡黛玉，從早先就有徵兆。第三回黛玉初來賈府，鳳姐提到裁衣的緞子，王夫人就說「有沒有，什麼要緊。」顯得不耐煩；又二十八回中，寶玉說：「太太給我三百六十兩銀子，我替妹妹配一料丸藥，包管一料不完就好了。」王夫人道：「放屁！什麼藥就這麼貴？」看來王夫人頗不以為然，也不甚關心黛玉的藥方。王夫人把寶玉的婚姻大事看得十分要緊，為了家族她必須物色一個適合擔當賈府管家主婦的人來，而這個人絕不會是黛玉。然而寶玉在黛玉身上的用心，王夫人不會不知道，只是不好逼寶玉，寶玉是逼不得的人；但也不好給黛玉施壓，畢竟賈母還健在，因此凡有關男女私情、引誘廝混等事，總會點燃王夫人的怒火，晴雯被攆也是一樣的道裡。

〔註39〕王志武：《紅樓夢人物衝突論》，頁49～52。

〔註40〕

　　第七十四回抄檢大觀園，王善保家的說晴雯「仗著她生得模樣兒比別人標致些，又生了一張巧嘴，天天打扮得像個西施的樣子，在人跟前能說慣道，掐尖要強。一句話不投機，她就立起兩個騷眼睛來罵人，妖妖趫趫，大不成個體統。」（頁 1156）王夫人一下子便與黛玉聯想：「上次我們跟了老太太進園逛去，有一個水蛇腰、削肩膀、眉眼又有些像你林妹妹的，正在那裏罵小丫頭。我的心裏很看不上那狂樣子，因同老太太走，我不曾說得。後來要問是誰，又偏忘了。今日對了檻兒，這丫頭想必就是她了。」（頁 1156～1157）末了還說：「我一生最嫌這樣的人，況且又出來這個事。好好的寶玉，倘或叫這蹄子勾引壞了，那還了得！」若細究起來，王夫人其實不太認識晴雯，也不像對襲人、麝月那樣叫得出名字，她對晴雯的印象很可能會與黛玉重疊，王夫人既看不慣晴雯那狂樣子，這番話也像是在說黛玉。〔註41〕王夫人見到晴雯時不知她已病了幾天，只見她釵軃鬢鬆，衫垂帶褪，大有春睡捧心之姿，不覺就勾起火來，晴雯機警，心知有人暗算了她，只推說寶玉的事她不曾留心，王夫人信以為實，忙說：「阿彌陀佛！你不近寶玉，是我的造化，竟不勞你費心。既是老太太給寶玉的，我明兒回了老太太，再攆你。」（第七十四回，頁 1158）晴雯與黛玉一樣，也是賈母的人，豈能不教王夫人更發火，遷怒於她呢：

> 王夫人是一個時刻在提防別人弄壞她寶玉的管家人，一切怡紅院的細事她都有耳報神，了如指掌，他豈能對寶黛愛情發展閉上自己的眼睛？其實她不過是有礙於賈母的臉面。從她對晴雯眉兒眼像林黛玉所持的反感，從她聽了襲人的密報，「雷轟電掣」般的觸發，誰也會覺察出她是在隱而不發。〔註42〕

王夫人不可能坐視寶玉發展自由戀情，在她的認知裡，凡是趨妝豔飾、語薄言輕者都可能是引誘寶玉的人，必須加以驅逐。當然黛玉不會如此的不自重，且她對寶玉帶有偌大的影響力，又另有賈母庇蔭，實在也沒理由阻絕什麼，只能遷怒於與黛玉相似的人物上，否則王夫人的跟前丫鬟金釧、不大認識的

〔註40〕 王志武：《紅樓夢人物衝突論》，頁 123～124。
〔註41〕 王志武：《紅樓夢人物衝突論》，頁 56～59。
〔註42〕 李希凡：《沉沙集——李希凡論紅樓夢及中國古典小說》（北京：文化藝術出版社，2005 年），頁 513。

丫鬟晴雯，又何以淪落毀滅的悲劇，令人不勝唏噓。

二、上層因私欲而造成的衝突悲劇

在《紅樓夢》的描述中，有一種奴僕的身分與其他奴僕較為不同，那就是「家生子」，所謂的家生子即家中小廝與丫鬟的下一代，而家生子跟隨著父母，仍舊不離奴僕的身分，幾乎是世僕的意思。這一類的家生子，其位階比外頭買進來的要低，婚喪諸事的賞銀也較少，受制於主子的部分更多，要翻身有點難。而賈母身邊的大丫鬟鴛鴦，就是這樣的一種家生子，鴛鴦的雙親在南京為賈府看守房子，兄嫂也都在賈府裡當買辦或粗使。鴛鴦憑著忠誠與才智，成為賈母身邊最得力的丫鬟，賈母曾說：「有鴛鴦，那孩子還心細些，我的事情，她還想著一點子，該要去的，她就要了來，該添什麼，他就度空兒告訴他們添了。」（第四十七回，頁，717）連鳳姐也敬她三分：「老太太離了鴛鴦，飯也吃不下去的。」（第四十六回，頁 703）這樣的鴛鴦未料自己的人生會發生一件荒謬的事──賈赦想討她作小老婆。

賈赦是賈母的長子，鳳姐形容他：「老太太常說，老爺如今上了年紀，作什麼左一個小老婆右一個小老婆放在屋裏，沒的耽誤了人家。放著身子不保養，官兒也不好生作去，成日家和小老婆喝酒。」（第四十六回，頁 703）襲人也說道：「真真這話，論理不該我們說，這個大老爺太好色了，略平頭正臉的，他就不放手了。」（第四十六回，頁 708）這樣一個為老不尊的賈赦，有見識的鴛鴦自然不肯屈就。然前文提到鴛鴦是家生子，一家都受制於賈府，賈赦想哪個丫鬟不想揀高枝兒飛的，便找她兄嫂來施壓，此時只招來鴛鴦更激烈的反抗：「怪道成日家羨慕人家女兒作了小老婆，一家子都仗著他橫行霸道的，一家子都成了小老婆了！看得眼熱了，也把我送在火坑裏去。我若得臉呢，你們在外頭橫行霸道，自己就封自己是舅爺了。我若不得臉，敗了時，你們把忘八脖子一縮，生死由我。」（第四十六回，頁 709）、「家生女兒怎麼樣？『牛不吃水強按頭』？我不願意，難道殺我的老子娘不成！」（第四十六回，709）而賈赦擁有身為主子的傲慢與殘暴，他威脅鴛鴦：「他必定嫌我老了，大約他戀著少爺們，多半是看上了寶玉，只怕也有賈璉。果有此心，叫他早早歇了心，我要他不來，以後誰還敢收？此是一件。第二件，想著老太太疼他，將來自然往外聘作正頭夫妻去。叫他細想，憑他嫁到誰家，也難出我的手心。除非他死了，或是終身不嫁男人，我就伏了她！若不然時，叫他

趁早回心轉意，有多少好處。」（第四十六回，頁712～713）

　　在賈赦的脅迫之下，鴛鴦能依靠的人只有賈母，然而她只是一個丫鬟，能不能獲得支持她沒有把握，但為了保全自己，只有使出更激烈的手段，而且必須立定了必死之心才能宣戰〔註43〕：

> 「我是橫了心的，當著眾人在這裏，我這一輩子莫說是『寶玉』，便是『寶金』『寶銀』『寶天王』『寶皇帝』，橫豎不嫁人就完了！就是老太太逼著我，我一刀抹死了，也不能從命！若有造化，我死在老太太之先，若沒造化，該討吃的命，服侍老太太歸了西，我也不跟著我老子娘哥哥去，我或是尋死，或是剪了頭髮當尼姑去！若說我不是真心，暫且拿話來支吾，日後再圖別的，天地鬼神，日頭月亮照著嗓子，從嗓子裏頭長疔爛了出來，爛化成醬在這裏！」原來他一進來時，便袖了一把剪子，一面說著，一面左手打開頭髮，右手便鉸。眾婆娘丫鬟忙來拉住，已剪下半綹來了。（第四十六回，頁713）

鴛鴦的堅定與反抗，為她帶來暫時的保全，因為賈母是支持她的，只是賈母不能永遠是鴛鴦的王牌，未來鴛鴦大概也難逃賈赦的手掌心。事實上從宣誓的那天起，鴛鴦將來的生存權就已被剝奪，她的存在與毀滅便和賈母一致。〔註44〕所以在賈母亡故的那一刻，鴛鴦已無退路：「如今大老爺雖不在家，大太太的這樣行為，我也瞧不上。老爺是不管事的人，以後便亂世為王起來了，我們這些人不是要叫他們撥弄了麼？誰收在屋子裏，誰配小子，我是受不得這樣折磨的，倒不如死了乾淨。」（第一百一十一回，頁1674）鴛鴦終究自縊而亡：

> 而她，果然是以最終的自盡來實踐了自己的諾言，也徹底逃脫了賈赦的魔爪，用死來給予賈赦最後的一擊。而深知鴛鴦死因的邢夫人等故意以「殉主」來解釋之，將暴露主子罪惡的鮮血曲解為對主子的忠心，更是強化了鴛鴦之死的悲劇性。〔註45〕

鴛鴦被譽為「殉主」其實是迫於無奈，在「殉主」美名的背後所代表的是上層勢力對於下層的壓迫，鴛鴦惟有一死才得以完全逃脫賈赦的魔爪，惟有一

〔註43〕太愚：《紅樓夢人物論》，頁72。
〔註44〕太愚：《紅樓夢人物論》，頁72。
〔註45〕詹丹：《紅樓情榜》，頁163。

死才得以逃脫家生子受制於人的命運，惟有一死才得以貫徹自己的意志而不
被他人撥弄，鴛鴦最後選擇走向自我毀滅的道路，不啻是個剛烈決絕的悲劇
人物。〔註 46〕

三、下層因自由意志而造成的衝突悲劇

（一）晴雯

在階級不對等的社會底下，奴僕的命運往往無法操之在己，所謂自由意
志、平等意志對他們而言雖很珍貴，但也可能爲他們帶來極大的痛苦與災禍，
所以有些人選擇順從，奴化自己的性情；但也有一些人堅持追求平等、自由，
在反抗的過程中爲自己迎來毀滅的命運也無悔。「曹雪芹以富有創造性的藝術
手段，毫無粉飾地再現了封建社會各階層的矛盾衝突，憤怒地譴責了進入末
世的統治者的腐朽和虛偽，熱烈謳歌了被壓迫者的掙扎、反抗。」〔註 47〕在
《紅樓夢》中，「心比天高」的晴雯就是這類型的代表人物。晴雯天眞爛漫，
富有正義感，對任何奴化的作爲深不以爲然，例如第三十七回中，秋紋代替
寶玉孝敬桂花給賈母、王夫人，王夫人便把現成的衣裳就賞了她兩件，秋紋
把衣裳當成是太太的恩典，晴雯卻說：「要是我，我就不要。若是別人剩下
的給我，也罷了。一樣這屋裏的人，難道誰又比誰高貴些？把好的給她，剩
下的才給我，我寧可不要。沖撞了太太，我也不受這口軟氣。」（頁 566）她
希望掙得一些尊嚴，與他人平等互動，沒有誰又比誰高貴，或許晴雯自己並
未察覺自己正在奮力追求一種人生的美好價值，只是單純地以「人」的立場
來思索：

> 因爲她的這種孤高、這種對秋紋、襲人等人奴性的鄙薄，在本質上
> 是對社會異化人性的不滿和厭棄，是對一種健全、美好人格的追
> 求。也許正是由於這種追求是植根於一種感性的直覺，而非理性的

〔註 46〕說《紅樓夢》有英雄色彩，這是另一種意義的具有平常心之英雄。難道賈寶
玉基督式的情懷不是英雄情懷？難道尤三姐、鴛鴦一劍一繩自我了斷，把泥
濁世界斷然從自己的生命中拋卻出去不是英雄氣概？難道林黛玉的焚燒詩稿
的大行爲語言，不是對黑暗人間英雄式的抗議。如果說《伊利亞特》的英雄
是剛性的，那麼《紅樓夢》的英雄是柔性的。詳見劉再復：〈永遠的《紅樓夢》〉，
收錄於劉夢溪等著：《紅樓夢十五講》（北京：北京大學出版社，2007 年），頁
361。

〔註 47〕劉夢溪：《陳寅恪與紅樓夢》（臺北：風雲時代出版股份有限公司，2007 年），
頁 248。

自覺，所以她憑著這樣一種對美好人格的朦朧的嚮往，她一方面在對襲人、小紅的鑽營、逢迎的敵對中顯示了她的芙蕖之拔於汙泥，但另一方面又在對同類的社會地位得以晉升時，表現出一種難以遏制的嫉妒，流露了她的狹隘和因狹隘而帶來的尖刻，使她在追求完美人格的人生之路上，又背起了一個並不完美的人生包袱，步履艱難。〔註48〕

晴雯雖不屑以媚上來獲得一些東西，但對於同輩以此在社會地位上獲得晉升，也不是全然無感，她以更尖刻的方式去回應。例如第三十一回中，寶玉與晴雯因跌扇一事起口角，襲人打圓場說：「好妹妹，你出去逛逛，原是我們的不是。」（頁485）晴雯即冷笑道：「我倒不知道你們是誰，別叫我替你們害臊了，便是你們鬼鬼祟祟幹的那事兒，也瞞不過我去，那裡就稱起『我們』來了。明公正道，連個姑娘還沒掙上去呢，也不過和我似的，那裡就稱上『我們』了。」（頁485）但晴雯的這種態度，注定使她只能作個孤獨的反抗者：

> 晴雯這種目無下塵的稟性，使她的反抗只能是孤獨者的反抗，因此這反抗也極脆弱，正如淒風苦雨中的星星之火，極易被吹滅、澆滅。問題是晴雯的多次反抗只是求得做人的起碼地位，但她更深刻的悲哀是連做奴隸的地位都不穩固。〔註49〕

也許，正是由於她的身為下賤，才使別人覺得她的心性格外高傲。其實說到底，她所追求、所嚮往的，無非只是一個做人的最起碼條件，那就是對於平等的要求、對於尊重的要求。她身為奴隸，然而內心最為痛恨的卻正是做人的奴性。〔註50〕例如第七十四回抄撿大觀園，輪到晴雯時，只見晴雯挽著頭髮闖進來，「豁啷」一聲將箱子掀開，兩手提著，底子朝天，往地下盡情一倒，將所有之物盡都倒出。這一倒多麼痛快，究竟是誰作踐著誰。然而媚上求榮的同輩與統治階層的主子畢竟不容許這種去奴化的心態存在，晴雯就在同輩的讒言及主子的誤解中被逐出賈府，再不甘心也只能「有冤無處訴」地含恨

〔註48〕陳永宏：〈晴雯悲劇作為性格悲劇思考時的心理文化機制〉，《紅樓夢學刊》（1997年第四輯），頁174。

〔註49〕陳永宏、陳默：〈晴雯悲劇作為社會悲劇思考時的多層次文化意蘊〉《紅樓夢學刊》（1994年第三輯），頁121。

〔註50〕對於奴性，她可以說總是處於一種本能的、無須思索就會迅即反擊的狀態。這種反應的迅速和激烈，說明了她在一個不把奴隸當人看待、極度缺乏尊重的環境裡，對人的尊嚴有著深深的渴望。詹丹：《紅樓情榜》，頁156。

而終。

（二）芳官與齡官

古代除奴僕之外，還另有一種特殊的階層，普遍也不大受到尊重，那就是優伶。在大觀園中的優伶們，不但見識和享受著大觀園中的高等生活，還受了牡丹亭、西廂記等等傳奇的教育，因此使她們的心性和處境都發生了無可調合的痛苦了。〔註 51〕她們的思想被戲劇啓蒙，比其他女子更擅於表達情感，只是傳統社會不大尊重她們的藝術才華，有時甚至以粉頭、娼婦來羞辱她們。〔註 52〕不甘受人輕視、受人擺布的優伶，即無所畏懼地為此反抗，例如第五十八回中，芳官跟了她乾娘去洗頭，她乾娘偏又先叫了她親女兒洗過了後才叫芳官洗。芳官見了這般，便說他偏心，「把你女兒剩水給我洗。我一個月的月錢都是你拿著，沾我的光不算，反倒給我剩東剩西的。」（頁 909）她乾娘惱羞成怒，便打罵她，娘兒兩個吵起來。這件事寶玉當成「物不平則鳴」來理解，也看見優伶如何被看輕作賤，又如何靠自己挺身反抗，然而這種反抗的態度往往會被社會視為一種離經叛道，寶玉感嘆芳官「過於伶俐些，未免倚強壓倒了人，惹人厭。」（第七十七回，頁 1216）芳官這份機智所造就的絢爛，終於毀滅了自己，也連累了她的同行姐妹，〔註 53〕更代表著芳官避免不了被攆的命運，被攆後這些學戲的底層女子要如何營生呢？芳官選擇遁入空門，只這空門未必就是真正的歸宿，對於「巴不得又拐兩個女孩子去作活使喚」的老尼來說，芳官的未來仍是一場無止盡的悲劇。

再談談齡官。齡官雖為一介優伶，但極看重自己的藝術才華，她對「御前獻演」（第十八回），可以自訂劇目，也可以用「嗓子啞了」作為拒寶玉請求演唱的理由；她的藝術優越感所表現的反抗性，堅強到如此程度，其人格可知。〔註 54〕她對藝術專業的堅持讓她不加理會上層的干涉，因為明白優人的卑微與輕賤，故以這種反抗性來守住尊嚴。齡官對於這種處境是相當敏感

〔註 51〕太愚：《紅樓夢人物論》，頁 156。

〔註 52〕例如《紅樓夢》第六十回，趙姨娘因芳官拿茉莉粉代替薔薇硝給賈環，大罵芳官：「你瞧瞧，這屋裏連三日兩日進來的唱戲的小粉頭們，都三般兩樣，掂人分兩放小菜碟兒了。若是別一個，我還不惱，若叫這些小娼婦捉弄了，還成個什麼！」（頁 930）

〔註 53〕俞大綱：〈曹雪芹筆下的優人和優事〉，收錄於《紅樓夢藝術論・甲編三種》（臺北：里仁書局，1984 年），頁 424。

〔註 54〕俞大綱：〈曹雪芹筆下的優人和優事〉，頁 421。

的，第三十六回中，賈薔買了個雀兒給齡官解悶，眾女孩子都笑道有趣，獨齡官冷笑了兩聲，賭氣仍睡去：

> 齡官道：「你們家把好好的人弄了來，關在這牢坑裏學這個勞什子還不算，你這會子又弄個雀兒來，也偏生幹這個。你分明是弄了它來打趣形容我們，還問我好不好。」賈薔聽了不覺慌起來，連忙賭身立誓。又道：「今兒我哪裏的脂油蒙了心！費一二兩銀子買它來，原說解悶，就沒有想到這上頭。罷，罷，放了生，免免你的災病。」說著，果然將雀兒放了，一頓把將籠子拆了。齡官還說：「那雀兒雖不如人，他也有個老雀兒在窩裏，你拿了它來弄這個勞什子也忍得！今兒我咳嗽出兩口血來，太太叫大夫來瞧，不說替我細問問，你且弄這個來取笑。偏生我這沒人管沒人理的，又偏病。」說著又哭起來。（553 頁）

關在籠子的雀兒，在齡官看來是被束縛、供人賞玩的自己，所以對賈薔說你打趣我；而放出籠子的雀兒，在齡官看來是有家不得歸、沒人管沒人理的自己，所以對賈薔說你取笑我。這雀兒，就是哀痛自己被當成娛樂品豢養戲弄，所發出的幽微而尖銳的控訴。齡官最後的下場沒有交代，或受遣散，不得而知。

（三）妙玉

最後略談妙玉。妙玉的身分極為特殊，是一個帶髮修行的姑子，原為仕宦人家出身，似也不易以上層、下層來分別。不過，妙玉是一個擁有高度自我意志的人，並以此對抗世俗，最終遭劫而不知所終，是一個值得探討的悲劇人物，因此把她擺在這裡論述。

寶玉曾說妙玉為人孤癖，不合時宜，萬人不入她目，舊識岫煙說她僧不僧，俗不俗，女不女，男不男。（第六十三回，頁 987）妙玉這般放誕詭僻的性情是如何養成的，恐怕與她進入佛門的身世有關：

> 外有一個帶髮修行的，本是蘇州人氏，祖上也是讀書仕宦之家。因生了這位姑娘自小多病，買了許多替身兒皆不中用，到底這位姑娘親自入了空門，方才好了。所以帶髮修行，今年才十八歲，法名妙玉。如今父母俱已亡故，身邊只有兩個老嬤嬤、一個小丫頭伏侍。文墨也極通，經文也不用學了，模樣兒又極好。（第十七至十八回，頁 267）

妙玉爲了健康的緣故，以帶髮修行的方式入了空門，從某個角度來看妙玉很可能不是出自於己意走上這條路，也並非眞的解脫，而且帶髮這件事也頗爲弔詭，才給人一種僧不僧，俗不俗的感覺。「妙玉雖身在櫳翠庵修行，然而不同於佛教戒律以禁抑情性、摒抑欲求爲修行，妙玉卻反而藉宗教的屏障，銳意突顯自我，發展自我個性。」〔註 55〕她可以嫌棄劉姥姥吃過的杯子髒（第四十一回），也可以在寶玉生日時送上一張遙叩芳辰的粉箋（第六十三回）。「倘若佛門意味著禁欲與槁木死灰般的寧寂，那麼妙玉的行徑就如同她的『帶髮修行』一般，是對空門的質問與叛逆。」〔註 56〕一個文墨極通，又模樣極好的少女，她不單純是世俗中人，也不單純是佛門中人，她以帶髮的方式在佛門修行，不甘寂寞，卻又得恪守清規，於是養成放誕詭僻的性情：「妙玉在待人接物中，舉凡古怪誇張做作乃至於動輒訓人等等言行，都是源於她因自我克制而帶來的一種近乎變態的心理特點。」〔註 57〕這種自我克制即是世俗與佛門兩相傾軋之後的短暫平衡，一旦瓦解，〔註 58〕精神便無所依歸了。或許作者藉妙玉的生命悲劇，揭示出宗教並非所有人身心安頓的終極旨歸，苦行、禁欲、清修、壓抑性情種種內在要求或外在形式未必適合任何渴求解脫而不可得的桎梏心靈，也未必能安慰所有惶惑混亂的人心。〔註 59〕這段話說明了妙玉生命悲劇的根源。

第三節　榮府與寧府的衝突悲劇

　　坐落於石頭城的榮府與寧府，僅一街之隔，榮府位於街西，寧府位於街東，兩宅相連，竟佔去大半條路，在旁人眼裏看來，廳殿卻是崢嶸軒峻，木石可見蓊蔚洇潤，這樣的一個傳統的、龐大的宗法體系，其家族之間的人事關係想必是不簡單的：榮府與寧府貌合神離，賈赦、賈政二房各行其政，下一代賈寶玉、賈環的嫡庶矛盾……，本節試以賈府宗法家族內的各層衝突爲

〔註 55〕張美玲：〈《紅樓夢》的死亡覺知研究〉（國立高雄師範大學國文學系中國文學碩士論文，2009 年），頁 68。

〔註 56〕張美玲：〈《紅樓夢》的死亡覺知研究〉，頁 68。

〔註 57〕詹丹：《《紅樓夢》與中國古代小説研究》，頁 65。

〔註 58〕見《紅樓夢》第八十七回：「感深秋撫琴悲往事・坐禪寂走火入邪魔」妙玉坐禪走火入魔一事。

〔註 59〕李淑伸：〈紅樓夢與中國傳統審美觀知內在聯繫〉（國立成功大學藝術研究所碩士論文，2002 年），頁 85。

論述重點，並探討其中所隱含的悲劇意涵。

一、榮府與寧府的對立矛盾

榮府與寧府生活上實已各執其孿，各有各的法度，但表面上仍未分家，如此一個龐大複雜的宗法體系，矛盾叢生，如果沒有一位戴著神聖不可侵犯的王冠的權位象徵，似乎這個家庭就有忽然瓦解的危險，〔註60〕而賈府的這頂王冠，就是賈母。在宗法禮制的指導下，賈母是他們最高輩分的長輩，也是維繫兩府的重要存在，賈母以降各輩分的子弟實際上是誰也不服誰、誰也管不了誰的局面，他們各自與賈母建立關係，各自與彼此對立：

> 當時榮寧二府並未分家，但兩個——實際上是三個支系已經存在著
> 對立形勢，錯綜著多少分歧。賈赦賈政兩兄弟作風背馳，誰都不能
> 統一全家；邢夫人王夫人兩妯娌心裏不睦，誰都不善於處理家務。
> 賈珍賈璉各人謀各人的財富，逞各人的淫欲。尤氏鳳姐各有鬼胎，
> 互相排擠。賈政和寶玉父子敵對，惜春和尤氏姑嫂不和，迎春和父
> 母沒有感情，探春不滿意於鳳姐所執行的家政。〔註61〕

外人看似富而好禮的賈府，其實內部衝突不斷，兄弟、妯娌、父子、姑嫂等各種類型的親屬關係裡都隱藏著矛盾，第七十五回探春曾說：「咱們倒是一家子親骨肉呢，一個個不像烏眼雞，恨不得你吃了我，我吃了你！」（頁1173）這番話血淋淋的將這個家族的衝突概況毫不留情地披露出來，也印證賈府在禮制的外衣底下人性猙獰的一面。

榮府目前的當家是賈璉、鳳姐夫婦，寧府當家則是賈珍、尤氏夫婦。賈珍、賈璉二人看似關係不錯，但這兄弟情誼多半都是在酒色荒淫等下流之事中建立起來的，沒什麼高貴情操，也充滿暗算。例如第六十四回中，賈蓉唆使賈璉偷娶尤二姐，表面上也為賈璉的後嗣著想，事實上則另懷鬼胎：「卻不知賈蓉亦非好意，素日因同他兩個姨娘有情，只因賈珍在內，不能暢意。如今若是賈璉娶了，少不得在外居住，趁賈璉不在時，好去鬼混之意。」（頁1012）賈蓉會作此想頭想必賈珍也有這個意思，第六十五回中，賈珍便趁著賈璉不在，到其賃居的地方找尤氏姊妹廝混，賈珍的馬就安置在馬棚裏，沒想到不一會賈璉的馬也來了：

〔註60〕劉夢溪：《陳寅恪與紅樓夢》，頁336。
〔註61〕劉夢溪：《陳寅恪與紅樓夢》，頁336。

賈璉的心腹小童隆兒拴馬去，見已有了一匹馬，細瞧一瞧，知是賈珍的，心下會意，也來廚下。只見喜兒、壽兒兩個正在那裏坐著吃酒，見他來了，也都會意，……隆兒才坐下，端起杯來，忽聽馬棚內鬧將起來。原來二馬同槽，不能相容，互相蹶踢起來。（頁1025）

賈珍、賈璉的小廝見了彼此，心下會意，這會的是什麼意，頗耐人尋味，大抵各自的主子在盤算什麼，他們也都心知肚明。最有意思的就是那兩匹馬了，「二馬同槽，不能相容」，這件事其實就暗示了賈珍與賈璉的潛在衝突。

此外，他們的夫人也並不十分和諧。一樣都是當家奶奶，尤氏顯得氣勢很微弱：「尤氏自己知道聰明才力不能與鳳姐對抗，既不能得到賈母的榮寵，也無法取得家庭中的霸權；因此形成一種沒落的情緒，常怕別人看她不起，常容易和別人嘔些閑氣，平日她的人緣是不大好的。」〔註62〕對於出身寒門又沒什麼治家本事的尤氏，鳳姐當然不放在眼裡：「前年我在東府裏，親眼見過焦大吃的爛醉，躺在臺階子底下罵人，不管上上下下一混湯子的混罵。他雖是有過功的人，到底主子奴才的名分，也要存點兒體統才好。珍大奶奶不是我說是個老實頭，個個人都叫他養得無法無天的。」（第八十八回，頁1390）兩府的治家風格已大不相同，彼此互看不慣，鳳姐曾在寧府呼風喚雨，〔註63〕而尤氏在榮府卻使喚不得人，〔註64〕兩人互有嫌隙，也頻頻在日常生活中假借笑謔的形式暗自衝突。

最後，要從惜春的角度來看榮府與寧府的關係。惜春是寧府的成員，但自幼跟著賈母在榮府生長，比較帶有榮府的文化色彩。第七十四回中，惜春與尤氏因丫鬟入畫私傳金錁撐不撐一事起爭執，惜春說：「不但不要入畫，如今我也大了，連我也不便往你們那邊去了。況且近日我每每風聞得有人背地裏議論什麼，多少不堪的閒話！我若再去，連我也編排上了。……我只知道保得住自己就夠了，不管你們。從此以後，你們有事別累我。」（頁1166）惜春以這邊、那邊；我們、你們來與尤氏對話，很顯然已將榮府與寧府做區別，

〔註62〕　太愚：《紅樓夢人物論》，頁86。

〔註63〕　詳見《紅樓夢》第十三回：「秦可卿死封龍禁尉・王熙鳳協理寧國府」。

〔註64〕　《紅樓夢》第七十一回，尤氏命傳管家的女人，兩個婆子聽見是東府裏的奶奶，不大在心上，也不去傳，尤氏的丫頭便諷刺婆子勢利，婆子惱羞成怒：「扯你的臊！我們的事傳不傳，不與你相干，你不用揭挑我們，你想想，你那老子娘在那邊管家爺們跟前，比我們還更會溜呢。什麼『清水下雜麵你吃我也見』的事，各家門，另家戶，你有本事，排場你們那邊人去。我們這邊，你還早些呢！」（頁1106～1107）

並突顯他們的矛盾：寧府的墮落與腐敗已是無可復加了，榮府至少還有像寶玉、黛玉等大觀園兒女一類的清流，兩府已有對立的價值觀，相較之下，寧府似更不堪，因此惜春矢孤介不願被連累，只是她大概想不到，理想美好的世界終不敵現實污穢的世界，榮府最後與寧府一樣走向毀滅的道路，萬境歸空。

二、賈政與賈赦兩房的地下角力

　　賈赦與賈政是同胞兄弟，也都憑祖蔭襲官職，不過賈政自幼酷愛讀書，娶了娘家背景顯赫的王夫人，又長女元春是當朝皇妃，故雖爲次子，但一般來講榮府裡賈政這一房是比較受重視的。榮府現今當家是賈璉、鳳姐夫婦，鳳姐爲王夫人的內姪女，賈璉也需要王家的支持，因此他們二人基本上比較傾向是賈政一房的人脈。賈政一房當紅，得到賈母許多關注，這也引起賈赦頗有微詞，第七十五回在中秋家宴中說了一個「天下父母心偏的多呢」的笑話，賈母疑心，笑道：「我也得這個婆子針一針就好了。」〔註65〕從這個事件就可看出賈赦與賈政之間的心結，但賈母並不認爲自己偏向哪一房，第四十六回中，賈母因錯怪王夫人而向薛姨媽解釋，薛姨媽就說：「老太太偏心，多疼小兒子媳婦，也是有的。」而賈母卻回答：「不偏心！」（頁714）這種說法聽在賈赦一房耳裡恐怕不是滋味，邢夫人也是一樣的，認爲賈母冷淡他們，遂心生不滿：「前日南安太妃來了，要見她姊妹，賈母又只令探春出來，迎春竟似有如無，自己心內早已怨忿不樂，只是使不出來。」（第七十一回，頁1110）也抱怨賈璉、鳳姐夫婦一心向著賈政一房，連親妹妹迎春也不多照顧：「總是你那好哥哥好嫂子，一對兒赫赫揚揚，璉二爺，鳳奶奶，兩口子遮天蓋日，百事周到，竟通共這一個妹子，全不在意。」（第七十三回，頁1141）又值一干小人在側，告到鳳姐，「只哄著老太太喜歡了她好就中作威作福，轄治著璉二爺，調唆二太太，把這邊的正經太太倒不放在心上。」後來又告到王夫人，說：「老太太不喜歡太太，都是二太太和璉二奶奶調唆的。」邢夫人縱是鐵心

〔註65〕《紅樓夢》第七十五回，賈赦說道：「一家子一個兒子最孝順。偏生母親病了，各處求醫不得，便請了一個針灸的婆子來。這婆子原不知道脈理，只說是心火，如今用針灸之法，針灸針灸就好了。這兒子慌了，便問：『心見鐵即死，如何針得？』婆子道：『不用針心，只針肋條就是了。』兒子道，『肋條離心甚遠，怎麼就好呢？』婆子道：『不妨事。你不知天下父母心偏的多呢。』」眾人聽說，都笑起來。賈母也只得吃半杯酒，半日，笑道：「我也得這個婆子針一針就好了。」（頁1184）

銅膽的人，婦女家終不免生些嫌隙之心，近日因此著實惡絕鳳姐。（第七十一回，頁 1110～1111）邢夫人惡絕鳳姐，除了由於賈璉非己出，更關鍵的是鳳姐與王夫人親厚的姑姪關係。邢、王夫人不合，鳳姐的位置就變得很尷尬，那邢夫人是個陰險多疑之輩，鳳姐也得小心應付，例如第四十六回中邢夫人要鳳姐幫忙賈赦討鴛鴦一事，鳳姐暗想：

> 「鴛鴦素習是個可惡的，雖如此說，保不嚴他就願意。我先過去了，
> 太太後過去，若他依了，便沒話說，倘或不依，太太是多疑的人，
> 只怕就疑我走了風聲，使他拿腔作勢的。那時太太又見應了我的話，
> 羞惱變成怒，拿我出起氣來，倒沒意思。不如同著一齊過去了，他
> 依也罷，不依也罷，就疑不到我身上了。」（頁 705）

從這裡就能窺見她們婆媳之間的矛盾關係，凡事彼此算計，互相傾軋，一找到機會便想讓對方難看。例如第七十一回賈母壽宴，邢夫人當著許多人面前假意陪笑向鳳姐求情，說能不能放了那兩個被捆的婆子，不看她的臉，權且看老太太，鳳姐聽了這話，又羞又氣。事後賈母知情，也明白原委：「這是太太素日沒好氣，不敢發作，所以今兒拿著這個作法子，明是當著眾人給鳳兒沒臉罷了！」（頁 1113）可見他們之間已是公開給對方難堪的敵對關係，不時產生衝突。

　　賈赦、賈政兄弟在賈赦獲罪流放之際，兄弟互動已無發展的時空，衝突不復再起；邢、王夫人隨夫婿的關係各自榮辱消長，邢夫人再無要強的本錢：「邢夫人也不答言，仍走到賈母那邊。見眼前俱是賈政的人，自己夫子被拘，媳婦病危，女兒受苦，現在身無所歸，那裏禁得住。眾人勸慰，李紈等令人收拾房屋，請邢夫人暫住，王夫人撥人伏侍。」（第一百零五回，頁 1603）而鳳姐自抄家後元氣大傷，為賈母理喪不久後旋即氣病而亡，衝突中的一方，其個人生命之毀滅，使衝突歸於和解，族中各房在家業凋零之後，衝突的動機已然失去。

三、賈寶玉與賈環的嫡庶情結

　　現居賈府各房大多是嫡系單傳，從玉字輩算起，寧府只有賈珍一人，膝下賈蓉一人；榮府中賈赦房裡只有賈璉一人，賈璉無子；賈政一房人口較密：長子賈珠早歿，有賈蘭一個遺腹子；次子賈寶玉、三子賈環。在這些人丁當中，惟有寶玉、賈環是同胞兄弟關係，寶玉嫡出、賈環庶出。嫡庶問題自古

以來便是最矛盾的關係之一，儘管人們有時只從尊卑觀點去議論，但嫡庶矛盾的實質卻在於財產與權力的繼承上。〔註66〕繼承這件事，往往會挑動周圍與當事的人最敏感的神經，例如第七十五回中秋家宴，寶玉、賈環都做了詩，賈赦出於私心，知賈府上下都只看重寶玉，便逕自取看賈環的詩，連聲讚道：

> 這詩據我看甚是有骨氣。想來咱們這樣人家，原不比那起寒酸，定
> 要『雪窗熒火』，一日蟾宮折桂，方得揚眉吐氣。咱們的子弟都原該
> 讀些書，不過比別人略明白些，可以做得官時，就跑不了一個官的。
> 何必多費了工夫，反弄出書呆子來。所以我愛他這詩，竟不失咱們
> 侯門的氣概。」因回頭吩咐人去取了自己的許多玩物來賞賜與他。
> 因又拍著賈環的頭，笑道：「以後就這麼做去，方是咱們的口氣，將
> 來這世襲的前程，定跑不了你襲呢。」賈政聽說，忙勸說：「不過他
> 胡謅如此，那裏就論到後事了。（頁1184～1185）

說到世襲的前程，嫡庶的矛盾便立即浮現，這是一個不宜公開討論的話題，除非已經要攤牌，所以賈政「連忙」止住賈赦，不使其往下說，從這裡也可窺見其中關係的微妙。事實上賈赦說的那些話也並非不可能，只要沒有寶玉，賈政一房的一切都將歸於賈環，而心裡常做這種盤算的人，就是賈環的母親趙姨娘。鼓動著趙姨娘不甘心雌伏的根本力量是她替賈政生了一個兒子，〔註67〕因此也才有趙姨娘與馬道婆串通以五鬼作法，要算計寶玉與鳳姐的事發生，〔註68〕嫡庶的戰火不僅在兄弟之間蔓延，其背後各自支持的力量，有時衝突更甚，從這個例子就能看得出來。

那麼寶玉與賈環實際上的關係又是如何呢？第二十回中，賈環與鶯兒幾個小丫頭玩骰子，輸了賴帳，招得丫頭們嘟囔，拿他跟寶玉比，戳中賈環庶出的心結，哭訴：「我拿什麼比寶玉呢？你們怕他，都和他好，都欺負我不是太太養的。」（頁319）賈環對寶玉的心情頗為複雜，若說是嫉妒，其實更像是太過於羨慕。寶玉待人不分什麼嫡庶觀念，賈府規矩原凡作兄弟的，都怕哥哥，卻不知那寶玉是不要人怕他的。他想著：「兄弟們一併都有父母教訓，何必我多事，反生疏了。況且我是正出，他是庶出，饒這樣還有人背後談論，還禁得轄治他了。」（頁319）況寶玉也不當自己是大丈夫，須為其他兄弟之

〔註66〕張華來：《漫說紅樓》，頁342。
〔註67〕太愚：《紅樓夢人物論》，頁89。
〔註68〕詳見《紅樓夢》第二十五回：「魘魔法姐弟逢五鬼·紅樓夢通靈遇雙真」。

表率，所以賈環等人都不怕他，卻因怕賈母，才讓寶玉三分。寶玉不太與這個心懷不軌的庶弟較真，第二十五回中，寶玉找彩霞打鬧，賈環原與彩霞有舊，素日又恨寶玉，如今見狀，心中越發按不下這口毒氣。「雖不敢明言，卻每每暗中算計，只是不得下手，今見相離甚近，便要用熱油燙瞎他的眼睛。因而故意裝作失手，把那一盞油汪汪的蠟燈向寶玉臉上只一推。」（頁 391）王夫人又心疼又心急，大啐了賈環與趙姨娘一番，寶玉卻說：「有些疼，還不妨事。明兒老太太問，就說是我自己燙的罷了。」（頁 391～392）寶玉自己應承此事，也是希望按下風波、消弭衝突，但寶玉的應承在往後也並未獲得賈環善意的回應，兩人背後的王夫人與趙姨娘更不可能善罷甘休，故此這般的嫡庶矛盾衝突仍是大小不斷。〔註69〕

　　賈府抄家後，家運衰敗，府中一片低迷，被寄予厚望的玉字輩也撐不起氣數已盡的家族，益發任由自己的性情度日：

> 如今寶玉、賈環他哥兒兩個，各有一種脾氣，鬧得人人不理。獨有賈蘭跟著他母親上緊攻書，作了文字，送到學裏請教代儒。因近來代儒老病在床，只得自己刻苦。李紈是素來沉靜，除了請王夫人的安，會會寶釵，餘者一步不走，只有看著賈蘭攻書。所以榮府住的人雖不少，竟是各自過各自的，誰也不肯做誰的主。（第一百一十七回，頁 1750）

寶玉失玉，思卻塵緣；賈環無母，愈發不堪，兩人都無法承擔賈府的重任，而賈蘭尚小，只潛居讀書，過去一個顯赫的大家族最終淪為各自冷清，榮府住的人雖也不少，竟是各自過各自的，誰也不肯做誰的主。各過各的，無甚衝突的動機，況家業已敗，又能拿什麼來較爭，至此嫡出、庶出衝突已無意義，因為已不知為何而衝突，只能各自去尋各自的後路罷了。

小　結

　　悲劇的形成源於「衝突」，人與人的衝突是個人各自不相容的兩股倫理力量的碰撞，直至一方的犧牲、退讓、毀滅，或兩敗俱傷才得以告終。本章著眼於《紅樓夢》的悲劇如何在衝突中成型，試以群體的角度作為分類的依據，

〔註69〕例如《紅樓夢》第六十一回，趙姨娘唆使彩雲去偷王夫人的玫瑰露，又拿些給賈環，事發後眾人擔心探春沒臉，也是一概由寶玉應承下來，賈環卻還懷疑彩雲與寶玉有私。

論述男性與女性、上層與下層、榮府與寧府的衝突悲劇。男性與女性中，驗證愛情關係的衝突往往劇烈且一致趨向毀滅，更能理解尼采所說的「愛的意志，那就是也要死亡的意志」，例如寶玉與黛玉、尤三姐與柳湘蓮、司棋與潘又安；而婚姻關係中的矛盾則因現實環境、家族利益而生，並無可避免地迎來悲涼，例如寶玉與寶釵、賈璉與鳳姐、賈蓉與秦可卿。上層與下層關係不對等，利益相左，不屈從命運的鴛鴦、擁有平等意志的晴雯、芳官、齡官，最終的下場令人可悲可嘆，讓人見識到上層殘忍、壓迫的一面，也為下層在反抗的過程中所呈現的一種追求人生美好理想的願力，感受到一股崇高壯美的審美感受。賈府如此一個傳統、龐大的宗法體系，其家族之間的人事關係錯綜複雜，糾葛極深：榮府與寧府貌合神離，兄弟姒娌各懷鬼胎，更有世上最污穢，只有石獅子乾淨的惡地與世上最美善，宛如樂園的大觀園淨土兩廂價值衝突。賈赦、賈政二房各行其政，互生嫌隙，下一代賈寶玉、賈環嫡庶矛盾不斷。然而在宗法家族崩解的時刻，所有族內的衝突悲劇，其動機已然消逝，每人只能各尋各的後路，但不管做何選擇，同樣擺脫不了家業凋零的命運，逐一走向毀滅或虛無。

第四章　《紅樓夢》中的人生悲劇

　　悲劇表達人生的不幸與痛苦，根據叔本華的理解，悲劇的根源源於「意志」。〔註 1〕意志代表著人類不可遏止的欲求，當人類一旦堅持滿足這些欲求時，就無可避免地將為自己帶來無盡的痛苦和災難。然而欲求即使被滿足，也不代表卸下痛苦。從欲求到滿足又到新的欲求產生，如果過程陷於停頓，那麼生命將流於空虛無聊的境地當中。因此人類總是在「欲求－滿足－欲求」的痛苦循環中生存下來，有時藉由通過藝術上的審美觀照，暫時從痛苦中解脫，或者尋求出世精神的寄託。「《紅樓夢》不僅把憂患意識、色空觀念、命運意識、感傷情懷與人生理想的消逝，美好愛情的毀滅等千層萬疊的悲劇意識糾纏起來，化為一聲哀嘆，表達了一個詩化的主題。」〔註 2〕本章嘗試以叔本華的人生悲劇論，探討《紅樓夢》中無力對抗命運、生存的痛苦與無聊，以及時空的有限性所帶來的焦慮等主題，並從藝術生活的觀照，檢視它對人生苦痛的消解。

第一節　個人意志對命運的無效拮抗

　　《紅樓夢》卷首，先說了一個大荒山的神話故事：無才可去補蒼天的頑石與還淚以償甘露之惠的絳珠草將下凡歷劫，以了情案。作者將這個遠古縹緲的神話擺在開宗明義的第一回，絕非偶然之事：「所有神話情節出現在非神怪小說中，都有個不得不然的深遠背景，這個背景之深遠，有時是在作者覺

〔註 1〕參酌本文第二章〈悲劇意識的意義〉。
〔註 2〕譚邦和：《明清小說史》（上海：上海古籍出版社，2006 年），頁 318。

察控制之下；有時超過說故事者的意識，然至少也是他潛意識中的意識服從。」
〔註3〕這個神話故事的存在是具有特殊涵義的，出自於作者的有意爲之，也是
《紅樓夢》人物命運糾纏的起點，即「當作者決心用神話情節寫出紅樓夢第
一章時，作者早已估計好了那後面百多回的最後命運了。」〔註4〕作者不等結
局，在第五回就將這最後的命運，透過寶玉的夢境，以天機的方式洩漏給讀
者：金陵十二釵正冊、副冊、又副冊……冊中判詞，早已預示了這些閨閣女
子可悲可嘆的命運。〔註5〕而這些判詞，雖以宗教式的語言來寫，卻不具有眞
正宗教信仰的實質：

> 在太虛幻境的命運簿之類的事物上，這裏面也並沒有眞正的宗教信
> 仰的眞實，只有假藉宗教式詞語，直捷地説，只有神話情節對現實
> 故事的嘲諷。太虛幻境預言的作用，不過是按照一個已知的命運，
> 來搬演一場人生故事；於是在這人生戲臺化、生命傀儡化的視境下，
> 書中人物越認眞地生活、越努力地去追求，越固執地爭取，那種相
> 對而生的荒謬感便越發的不能解除了。〔註6〕

太虛幻境的預言，其實就是一個已知的命運，一個無法違拗的命運，一個如
同「神諭」〔註7〕般的命運，這些命運加諸在人物身上，人物本身卻看不見命
運，只能在人生中不斷地追尋、掙扎、執著、痛苦，然後眼見剩下來的一切
都不是自己想要的，最終不禁嘲笑人生，無比荒謬。無法擺脫命運的神諭，
人生的悲劇意識由此生發。無論人物的尊卑及貴賤，無一能免於命運的安排：

> 《紅樓夢》中所有的人物如果說有一點是他們共同具備的話，那就
> 是：他們都不能把握自己的命運，冥冥中似乎有一種不可知的力量
> 在支配著他們——這也是人物所具有的悲劇性——下層奴婢們是如

〔註3〕樂衡軍：《古典小說散論》，頁231。
〔註4〕樂衡軍：《古典小說散論》，頁242。
〔註5〕《紅樓夢》第五回「遊幻境指迷十二釵・飲仙醪曲演紅樓夢」中已將全書重
　　　要女性人物的最終命運給揭示出來，形成一種特有的「讖語式表達」，同時更
　　　有過之地發展出一種反過來以「先知之明」的預設立場加以操演的創作策略。
　　　詳見歐麗娟：《詩論紅樓夢》（臺北：里仁書局，2001年），頁39。
〔註6〕樂衡軍：《古典小說散論》，頁246。
〔註7〕透過「前之所言」預示了「後之所是」，讓小說的情節發展可以順向地由虛而
　　　實、前後印證的直線落實，發揮有如「神諭」的預告性質，從而使全書處處
　　　綰合著宿命的鎖鏈，時時埋下有待驗證的伏筆，在命運的糾結纏繞和符應的
　　　驗證需要之下，人物的發展便無法自外於命定的幻滅，而一步步走向預設的
　　　終點。詳見歐麗娟：《詩論紅樓夢》，頁39。

此，公府千金、豪門弟子是如此，顯赫一時，稱霸一方的王侯府尹也還是如此。〔註8〕

這裡我們舉襲人的例子來看，第五回中襲人的判詞是：「枉自溫柔和順，空云似桂如蘭；堪羨優伶有福，誰知公子無緣。」（頁86）讀者早已知道襲人最後終將離寶玉遠去而另嫁優伶，但我們都可看見襲人是如何汲汲營營地想爭取寶玉侍妾的地位，刻意籠絡寶玉，以告密向王夫人輸誠……，然而這樣的襲人終究也未能遂一己之願：

> 第十九回，襲人藉贖身回家的一次事件，而強邀寶玉留戀之情，甚至要給她終身名分保障，這時讀者的心情就不可能像襲人和寶玉那樣只有單向活動，應該說讀者此時比局中人具有更高的洞察能力，因為一方面讀者知道襲人終將離寶玉而去，一方面讀者又知道襲人內心對自己終身一廂情願的打算，對這一矛盾的情景的觀察，便能使讀者生出人世徒然，無可挽救之荒謬感。〔註9〕

此時讀者已是具有一定高度的局外人了，看盡劇中人物往往明知不可為而為，徒勞無功，越是奮力、越是執著的，看來更是令人感覺荒謬可笑。

人類很早便自覺人生對生命苦難、毀滅的恐懼與痛苦，逐漸形成人類意識中的悲劇意識，而正是在這種生命的悲劇意識驅使下，人類的反抗意志一直是對抗有限生命及未知命運的方式。「個人對於自己行動的決定權，以及天理或社會強迫個人必然要走的方向乃互動互斥，從而使人類的志節卯上一種『具有敵意的天意』（hostile transcendence）。」〔註10〕這種「具有敵意的天意」就類似於本文所言之「如同神諭般的命運」，人類對於這種宿命有時會採取反抗的姿態，例如第三十六回中，寶玉午寐，寶釵在一旁做女紅活計，忽見寶玉在夢中喊罵說：「和尚、道士的話如何信得？什麼是金玉姻緣，我偏說是木石姻緣！」薛寶釵聽了這話，不覺怔了。（頁550）寶玉在夢中與命運抵抗，然而現實結局終究只能「都道是金玉良姻，俺只念木石前盟。空對著，山中高士晶瑩雪；終不忘，世外仙姝寂寞林。」（頁91）無法擺脫「金玉之論」的神諭。〔註11〕

〔註8〕曹金鐘：〈論《紅樓夢》的悲劇性〉，《紅樓夢學刊》（1994年第四輯），頁211。
〔註9〕樂衡軍：《古典小說散論》，頁245。
〔註10〕余國藩著，李奭學譯：《重讀石頭記：紅樓夢裡的情慾與虛構》，頁312。
〔註11〕余國藩認為《紅樓夢》中的「金玉之論」無異是希臘悲劇中奧迪帕斯所面對的神諭，也無異於莎士比亞悲劇裡馬克白所聽到的女巫的預言。詳見余國藩

不過，身為命運之神的作者，曾給書中人物提示，如何避開邪惡命運的方式。例如第十三回，秦氏曾給鳳姐託夢，內容竟如同預言：

> 秦氏道：「常言『月滿則虧，水滿則溢』；又道是『登高必跌重』。如今我們家赫赫揚揚，已將百載，一日倘或樂極悲生，若應了那句『樹倒猢猻散』的俗語，豈不虛稱了一世的詩書舊族了！」鳳姐忙問道：「這話慮得極是，但有何法可以永保無虞？」秦氏冷笑道：「嬸子好痴也！否極泰來，榮辱自古周而復始，豈人力能可保常的。但如今能於榮時籌畫下將來衰時的世業，亦可謂常保永全了。即如今日諸事都妥，只有兩件未妥，若把此事如此一行，則日後可保永全了。」
> （頁 199～200）

秦氏所言未妥的兩件事，其一是今祖塋雖四時祭祀，卻無一定的錢糧，其二是家塾雖立，但無一定的供給。便勸鳳姐「趁今日富貴，將祖塋附近多置田莊、房舍、地畝，以備祭祀供給之費皆出自此處，將家塾亦設於此，便是有了罪，凡物可入官，這祭祀產業，連官也不入的，便敗落下來，子孫回家讀書務農，也有個退步，祭祀又可永繼。」（頁 200）只是鳳姐不解玄機，最後賈府還是走向敗落，樹倒猢猻散，一敗塗地，徒留讀者感傷無奈之感：

> 其實世間的盛衰興敗原本無常，如賈府一般盛衰興替者不知有幾。
> 只是曹雪芹在故事開頭安排了秦氏託夢這樣一個情節，預對賈府命運作了警示，明明有警示，卻終究不能趨福避禍，其無可奈何之感，較一般的盛衰興替乃更為深沉。〔註12〕

總觀上述，《紅樓夢》中的人物都無法掌握自己的命運，也無法預知自己的命運，即使執著於所求；或想以反抗之意志來對抗命運；或無感於避免悲劇的預示，這些人最終也都無法戰勝命運，逃離悲劇下場，徒留人生荒謬，宛如一夢的悲涼況味，只能沉溺於末世無可挽救的哀愁之中。

第二節　非痛苦即無聊的人生實相

叔本華曾說：「人生是在痛苦和無聊之間像鐘擺一樣的來回擺動著。」〔註13〕

著，李奭學譯：《重讀石頭記：紅樓夢裡的情欲與虛構》，頁 333。
〔註12〕徐志平、黃錦珠：《明清小說》（臺北：黎明文化事業股份有限公司，1997 年），頁 33。
〔註13〕叔本華著，石冲白譯：《作為意志和表象的世界》，頁 427。

這是叔本華人生悲劇論的內涵之一，本節試以此論出發，析論《紅樓夢》中
各層人物痛苦及無聊的人生實相，並檢視藝術生活為他們消解痛苦的作用。

一、痛苦的人生實相

《紅樓夢》的每個人物，生活中都有他們非常痛苦的一面，儘管物質生
活不虞匱乏，精神上卻處處不能如意，例如第七十一回探春曾感嘆：「我們這
樣人家人多，外頭看著我們不知千金萬金小姐何等快樂，殊不知我們這裏說
不出來的煩難，更利害。」（頁 1114）這些說不出來的痛苦，不能順遂的欲求，
時常侵蝕著人物的心靈世界，然後帶著遺憾走向人生悲劇的終點。

太愚曾說：「《紅樓夢》是中國最能理解婦女悲劇性的書。」〔註 14〕若細
究書中各類型女子的生命歷程，在某種程度上皆逃離不出痛苦的磨難。賈母
生活雖傾向享樂主義，但對於這整個大家族沒有一個足以繼承當家的人是有
隱憂的，第二十九回中張道士說寶玉這個形容身段、言談舉動，同當日國公
爺一個稿子，賈母滿臉淚痕，說道：「正是呢，我養了這些兒子孫子，也沒個
像他爺爺的，就只這玉兒像他爺爺。」（頁 458）言下之意大概寶玉是這一輩
最適任的當家人選，但賈母也知道他外頭好，裏頭弱，又逼不得讀書，未來
實也難說。王夫人平日吃齋唸佛，也不能不說是為逃避生活中的種種痛苦與
煩心。王夫人的不愉快來自於：對上，有不滿足於自己之無能的賈母；對下，
有獨攬大權、無法控制的鳳姐；旁側，有卑賤陰險的趙姨娘；最擔心的是，
丈夫賈政總是嚴厲對待寶玉。〔註 15〕她的能力不足，所以面對這些問題時格
外苦悶。邢夫人出身寒微，身邊也沒有親生子女，只知承順丈夫賈赦以自保，
暗自埋怨賈母冷落他們。尤氏無論是能力還是人品都沒有值得稱道之處，既
糊塗又軟弱，下人也不太敬重她，處境為難。趙姨娘地位低賤，眾人輕視，
女兒探春不認同她，兒子賈環頻頻闖禍，她動輒吵鬧生事，難以博得同情。
李紈青春喪偶，竟似槁木死灰。鳳姐看似大權在握，但籌畫大家族繁瑣的事
務也極耗心力，她使力積攢錢財有時是為應付賈府龐大的內需支出及府外世
俗應酬的勒索無度：「我真個的還等錢作什麼，不過為的是日用，出的多，進
的少。」〔註 16〕（第七十二回，頁 1128）除家計之外，對奴僕下人的人事管

〔註 14〕太愚：《紅樓夢人物論》，收錄於《紅樓夢藝術論‧甲編三種》，頁 1。
〔註 15〕太愚：《紅樓夢人物論》，收錄於《紅樓夢藝術論‧甲編三種》，頁 81～82。
〔註 16〕《紅樓夢》第七十二回，鳳姐對賈璉說道：「前兒老太太生日，太太急了兩個
　　　月，想不出法兒來，還是我提了一句，後樓上現有些沒要緊的大銅錫傢伙，

理也有說不出的苦處：

> 鴛鴦道：「罷喲，還提鳳丫頭虎丫頭呢，她也可憐見兒的。雖然這幾
> 年沒有在老太太、太太跟前有個錯縫兒，暗裏也不知得罪了多少人。
> 總而言之，為人是難作的：若太老實了沒有個機變，公婆又嫌太老
> 實了，家裏人也不怕；若有些機變，未免又治一經損一經。如今咱
> 們家裏更好，新出來的這些底下奴字號的奶奶們，一個個心滿意足，
> 都不知要怎麼樣才好，少有不得意，不是背地裏咬舌根，就是挑三
> 窩四的。」（第七十一回，頁 1114）

鳳姐操持家務，上上下下、內內外外都得張羅費心，身上也常有些不自在，
許多的苦處也得自己吞下。

再談賈府姑娘們的遭遇：元春貴為皇妃，卻說「當日送我到那不得見人
的去處」，感嘆「雖富貴已極，骨肉各方，然終無意趣。」（第十七至十八回，
頁 272）；迎春懦弱麻木，對下人的無禮、欺負莫可奈何，出嫁後慘遭凌虐致
死；探春雖有見識，庶出的心結、女子身分的束縛，讓她感嘆「我但凡是個
男人，可以出得去，我必早走了，立一番事業，那時自有我一番道理。偏我
是女孩兒家，一句多話也沒有我亂說的。」（第五十五回，頁857）；惜春不齒
兄嫂作為，只求能夠保得住自己就夠了。貴為賈府四千金，精神生活竟如此
痛苦著。再者，幾個與賈府關係親近的女子：黛玉與湘雲同是孤女，身世飄
零，黛玉多愁敏感，陷於情苦，湘雲在家作不了主，時時盼望賈母來接。寶
釵雖家境無虞，然兄長不思上進，鬥毆生事，嫂嫂不能持家，成天家鬧，她
只能與母親暗自垂淚，別無他法。妙玉已入空門，卻有一種內慾熾烈又偏不
許插足於現實的悲哀，內心越是狼狽，在人面前就越表現得不自然，結果只
造成一種不可解救也得不到同情的苦悶。〔註 17〕這些女子正值青春年華，才
德兼備，卻無一能夠逃離人生的痛苦，更遑論地位更低下的奴僕們：鴛鴦以
死起誓才得以全身而退；平兒竟能周全於賈璉之淫、鳳姐之威；襲人處心積

四五箱子，拿出去弄了三百銀子，才把太太遮羞禮兒搪過去了。」一語未了，
人回：「夏太府打發了一個小內監來說話。」賈璉聽了，忙皺眉道：「又是什
麼話？一年他們也搬夠了。」……賈璉躲入內套間去，鳳姐命人帶進小太監
來，因問何事。那小太監便說：「夏爺爺因今兒偶見一所房子，如今竟短二百
兩銀子，打發我來問舅奶奶家裏，有現成的銀子暫借一二百，過一兩日就送
過來。」（頁 1128～1129）

〔註 17〕 太愚：《紅樓夢人物論》，收錄於《紅樓夢藝術論・甲編三種》，頁 40。

慮，素日想著後來如何爭榮誇耀；晴雯追求平等對待，卻處處遭謗，最後淪於有冤無處訴……，由此可知，這些人痛苦於現實、厭棄著現實，卻又不得不生活於現實，〔註18〕他們所追求的，既與現實互相矛盾、悖離，也就不可能在現實中覓得安身立命之點。〔註19〕賈府眾人從來就不能以真實的面貌去生活：

> 不能以真實的自我生活，不敢直接説出真心話，在看似和善卻懦弱虛偽的面具下，需要保護自己免於受傷。仔細理解他們的內心，在對外待人方面，是多麼孤獨荒涼；而在對內待己方面，又隱藏著惴惴不安的恐懼。這樣熱鬧的賈府，這樣充滿著聊天笑聲的賈府，每個人卻是孤獨焦慮。這廣大異化的一群，正是荒誕的演繹者。〔註20〕

表面熱熱鬧鬧的賈府，充滿笑語，殊不知每個人背地裡的孤獨焦慮，為了生存或達成自己的欲望，竭盡己力：「在追求謀算中，各有不同的真心和盤算，但都是臣服於欲望的自私，而忘失人性中基本的仁愛悲憫，忘失了生命價值意義的重要性，也忘失了生命終究『赤條條來去無牽掛』的真實處境，以致於不斷上演著無理可笑、荒誕至極的戲碼。」〔註21〕最後，這些人的痛苦也都變成了寶玉的痛苦：「寶玉堅決走向情感的天地，不但體驗著自己的痛苦、也承擔著他人的痛苦。」〔註22〕由愛情悲劇而女兒悲劇的而家族的時代悲劇，在作品中最終都匯成寶玉這擁有一顆敏感心靈的異端者的深沉痛苦與幻滅，寶玉個人的人生悲劇便貫穿於上述種種悲劇中。〔註23〕

　　寶玉人生一部分的痛苦，是來自於與黛玉戀情的不順遂，「所有那些熱望，結果只成為痛苦之源；生命永諧的誓盟，成了苦痛的糾纏；情感的傾慕，成為無可拯救的陷溺；靈魂的相知，翻成為磨難的掙扎。於是熾烈的情愛，

〔註18〕 這些人物每個人都有自己解決不了的矛盾，與外界又有無數矛盾的關係。這些人物個個都是在現實中生活而又想脱離現實的人，個個都想逃避現實而又無能逃避現實的人。詳見徐訏：〈紅樓夢的藝術價值與小説裏的對白〉，收錄於《紅樓夢藝術論・甲編三種》，頁75。

〔註19〕 徐志平、黃錦珠：《明清小説》，頁29～30。

〔註20〕 侯迺慧：〈不用胡鬧了──《紅樓夢》荒誕意識的對反、超越與消解〉，《東華漢學》第14期（2011年12月），頁169。

〔註21〕 侯迺慧：〈不用胡鬧了──《紅樓夢》荒誕意識的對反、超越與消解〉，《東華漢學》，頁172。

〔註22〕 詹丹：《紅樓情榜》，頁177。

〔註23〕 李劍國、陳洪主編：《中國小説通史・清代卷》（北京：高等教育出版社，2007年），頁1396。

只空空的使自己的軀體和靈魂都受著苦痛的灼燒。」〔註24〕以情抗禮，讓他們都愛得無比痛苦、無比艱辛，他們總是一個在瀟湘館臨風洒淚，一個在怡紅院對月長吁，無人能理解他們的痛苦，賈府內外，上上下下，幾乎都不把林黛玉的朝啼暮泣、賈寶玉的長吁短嘆看得多麼認真，甚至還覺得有點可笑，〔註25〕惟有黛玉的丫鬟紫鵑，深切爲他們的痛苦而感到痛苦。〔註26〕這種無解的痛苦，後來也成爲寶玉出世的動機之一。《紅樓夢》以賈府的興衰歷史與這個家族和社會的各種聯繫爲一條條經線；以寶黛的愛情悲劇及金陵十二釵與各色女子的愛情婚姻悲劇和青春命運悲劇爲一條條緯線，縱橫交錯，〔註27〕在這些悲劇裡讀者都看見了他們的痛苦，但無法簡單地將這些痛苦的造成歸咎於某些人，所以王國維引用叔本華的悲劇理論：「由於劇中之人物之位置與關係，而不得不然者，非必有蛇蠍之性質，與意外之變故也；但由普通之人物，普通之境遇，逼之不得不如是，彼等明知其害，交失之而交受之，各加以力而各不任其咎。此種悲劇，其感人賢於前者遠甚。」〔註28〕這段話正說明了《紅樓夢》確實是一部無可奈何的人生悲劇。

二、無聊的人生實相

　　人生因欲求而痛苦著，如果欲求被滿足，或者無所欲求，這樣是否就能得到純粹的快樂呢？依據叔本華的看法，答案是否定的：人生在新的欲求產生之前，如果過程陷於停頓，那麼生命將流於空虛無聊的境地。《紅樓夢》中的寶玉有時就會陷入這種無聊當中，小說寫他經常「悶悶的」，或突如其來感到「厭倦」，感到「不自在」，「這也不好，那也不好」。這種情緒正提示出，現在這種存在對他是一種負擔。〔註29〕第二十六回中，且看寶玉的無所事事：

　　　　如今且說寶玉打發了賈芸去後，意思懶懶的歪在床上，似有朦朧之

〔註24〕樂衡軍：《古典小說散論》，頁208。

〔註25〕賈府中是與非界線飄忽，被毀滅者很難找到知音，甚至還要遭到各種誤解、嘲笑和非議。詳見何永康：《紅樓美學》（山西：北岳文藝出版社，1991年），頁78～79。

〔註26〕後來每一個人都冷眼旁觀黛玉對寶玉無望的感情，只除了感覺著黛玉痛苦的紫鵑，她是黛玉靈魂受苦的唯一見證人。詳見樂衡軍：《古典小說散論》，頁208～209。

〔註27〕孫遜：〈《紅樓夢》對於傳統的超越與突破〉，收錄於劉夢溪等著：《紅樓夢十五講》，頁281。

〔註28〕王國維：《紅樓夢評論》，收錄於《紅樓夢藝術論·甲編三種》，頁14～15。

〔註29〕葉朗：〈《紅樓夢》意蘊〉，收錄於《紅樓夢十五講》，頁121。

態。襲人便走上來，坐在床沿上推他說道：「怎麼又要睡覺？悶得很，你出去逛逛不是？」寶玉見說，便拉她的手笑道：「我要去，只是捨不得你。」襲人笑道：「快起來罷！」一面說，一面拉了寶玉起來。寶玉道：「可往哪裡去呢？怪膩膩煩煩的。」襲人道：「你出去了就好了。只管這麼葳蕤，越發心裏煩膩。」寶玉無精打彩的，只得依她晃出了房門，在迴廊上調弄了一回雀兒，出至院外，順著沁芳溪看了一回金魚。（頁 410）

從這裡可看出大觀園的生活並非總是笑語盈耳、時時熱鬧的，有時無事可作，精神上便容易流於無聊、厭倦當中，〔註 30〕只是寶玉的無聊又另帶著一分寂寞，外人形容他：「時常沒人在跟前，就自哭自笑的；看見燕子，就和燕子說話；河裏看見了魚，就和魚說話；見了星星月亮，不是長吁短嘆，就是咕咕噥噥的。且是連一點剛性也沒有，連那些毛丫頭的氣都受得。愛惜東西，連個線頭兒都是好的；遭塌起來，哪怕值千值萬的都不管了。」（第三十五回，頁 540）這種深廣之情注定無法為俗世所理解，被譏嘲為「糊塗」、「呆氣」，秉此深情者也注定要去承受一份世人罕解的孤獨。〔註 31〕

　　這種罕解的孤獨，黛玉也同樣默默地承受著：屋裡的鸚哥長嘆一聲，竟大似林黛玉素日吁嗟音韵，接著念道：「儂今葬花人笑痴，他年葬儂知是誰？試看春盡花漸落，便是紅顏老死時。一朝春盡紅顏老，花落人亡兩不知！」黛玉紫鵑聽了都笑起來。紫鵑笑道：「這都是素日姑娘念的，難為他怎麼記了。」（第三十五回，頁 532）生活的無聊倦怠讓黛玉守著瀟湘館吟讀著悲傷的詩句，究竟有多長的時間陷入這種情緒，好讓鸚哥能學舌，一字不差呢，想必常常如此吧。寶玉與黛玉的這種厭倦的心理，或許是一種自憐的反映：

　　　　由自戀而生出自憐之心，對自己強烈的感覺點燃了內心的悲愁，至為徘徊而產生了一種慵倦，感覺對外界的一切憮憮的，轉入對自我內在的關注：我渴慕的，和我得到的，我身之所處，我心之所望——

〔註 30〕寶玉在大觀園中住著，常覺得狹窄、空虛；作者的筆也感到總寫著金門繡戶慘綠愁紅小天地的厭倦。他自己流落風塵，嘗盡貧困無援之苦，深知一切小人物之哀愁；於是就把這劉老老引進大觀園中，使她作為賈府的一面鏡子，使讀者從劉老老的眼中看到了賈府之豪貴、奢侈，種種飽暖無聊，卻不自知、自慚，倒反以尋人開心。詳見太愚：《紅樓夢人物論》，收錄於《紅樓夢藝術論‧甲編三種》，頁 112。

〔註 31〕李劍國、陳洪主編：《中國小說通史‧清代卷》，頁 1402。

　　—現實的反差造成了一種情緒上強烈的反差。其實我一無所有，就

　　像是不曾生存一般。〔註32〕

這種一無所有，就像是不曾生存一般的感覺反倒在大家族中更能被體會，因為個人隸屬於家族，如同家族的所有物，沒有個人自由，限制更多，寶玉曾說：「我只恨我天天圈在家裏，一點兒做不得主，行動就有人知道，不是這個攔，就是那個勸的，能說不能行。雖然有錢，又不由我使。」（第四十七回，頁723）寶玉所有的一切皆來自家族，若說這一切都是屬於他的，其實又不完全屬於他，寶玉曾在預備贈禮時說：「我可有什麼可送的？若論銀錢吃穿等類的東西，究竟還不是我的，惟有或寫一張字，畫一張畫，才算是我的。」（第二十六回，頁413）寶玉惟一擁有的只有他的精神世界，然而現實環境禁錮著他的靈魂，連帶使他的精神世界、他的愛卻是無力的、無奈的：

　　他有很多空閒時間，可以做很多無關緊要的閒事，但他能做的很有

　　限。除了性情體貼、話語纏綿，作小伏低，為諸丫鬟充役，替平兒

　　理一回妝，替香菱換一回裙子，為避免殃及探春而瞞一回贓之外，

　　在女兒們（金釧、晴雯、司棋等）遭受迫害的性命攸關的關鍵時刻，

　　他完全無能為力。〔註33〕

這種生活中的無力感使寶玉在面對一些人生終極問題時，就會呈現一種空虛的狀態：「長期的陰鬱和散漫的生活使他只有呻吟，沒有吶喊；只有幻念，沒有理想；只有內心的傲慢與鄙棄，沒有計劃性的戰鬥行為。他每一設想到人生終極的問題，就結論到對黛玉所說的『你死了我做和尚』，……這並不是他已經有了一種哲學理解，不過是直接地感覺到這個現實的『茫茫』大地『渺渺』人生之空虛罷了。」〔註34〕

　　寶玉的生活沒有中心思想，精神世界無所依歸，有一部分的原因是源於在排除追求功名舉業的道路之後，尚未找到可以在傳統社會中立足的另一條道路：

　　然而，作者對自己的平生功業卻是否定的：「今風塵碌碌，一事無

　　成」，如果我們進一步追問：作者事業的有成無成，究指何意，他有

〔註32〕金凡平：〈鏡花水月——《紅樓夢》寶黛情境的審美意蘊〉，《紅樓夢學刊》（1998年第三輯），頁77～78。

〔註33〕張洪波：〈《紅樓夢》之整體「人情」：悲劇性、悖謬性的存在困境〉，《紅樓夢學刊》（2004年第三輯），頁40～41。

〔註34〕太愚：《紅樓夢人物論》，收錄於《紅樓夢藝術論·甲編三種》，頁226。

沒有徹底打破中國傳統的功業思想，將之視爲生命之輕而另有自己
的定位呢？從《紅樓夢》中賈寶玉的身上，我們至少可以感覺到作
者對中國有史以來代代相傳的科舉功業充滿了懷疑，而一旦失去了
在傳統社會中安身立命的根基，主人公賈寶玉或作者本人又產生了
深深的失落與惆悵，這是無邊的傷痛與荒涼和由此造成的焦慮、對
存在的懷疑，也就是「夢醒了無路可走」的悲哀。〔註35〕

科舉功業是男子在傳統社會中安身立命的根基，但寶玉對此充滿了懷疑與厭
棄，又找不到一條新的道路可以走，所以他把自己靜置於大觀園裡，希望與
姊妹們長相廝守，不希望姊妹們離開。在少了舉業的督促者（父親賈政點了
學差，不在家），「單表寶玉每日在園中任意縱性的逛蕩，眞把光陰虛度，歲
月空添。」（第三十七回，頁 557）這種任意縱性的逛蕩，其實是爲抵抗失去
生活重心後所產生的無聊厭倦之感，所作的一種填補。寶玉以此作爲填補還
不至於太過荒淫無恥，試看賈府其他男眷便知：

賈赦、珍、璉、蓉的悲劇呢？作爲封建大家族的子弟，承受祖蔭，
因皇恩永錫可以不勞而獲，這就是他們悲劇的開始。這些處於和平
年代武功立家的世家弟子，除了縱酒享樂、除了今日飲酒、明日觀
花、聚眾賭博之外，就是讀書求仕了。而「仕」，他們可世襲，如賈
珍、賈赦、賈政各有官職，於是，無意義的人生便寄託於無限止的
物質享受和自我縱欲上。猶如賈璉，似乎只有不斷地縱欲，才能證
明他是一個「活」的生命存在。〔註36〕

沒有目標、沒有欲求的人生，易流於無聊厭倦的情境當中，這種感受並非眞正
無所事事之悠閒，也不同於欲求不到的痛苦，這完全是一種空虛的狀態，賈府
眾男眷們承受祖蔭，世襲官職，不必讀書求仕也無須擔憂物質生活的匱乏，他
們的人生還要追求什麼呢，只有縱酒享樂，將這一分空虛寄託於無限制的物質
享受和自我縱欲中，才能感受到個體生命的存在，這是他們最可悲的的地方。

三、藝術生活的作用

人生除了在痛苦和無聊間擺盪之外，藝術上的審美觀照，可讓人暫時從

〔註35〕 趙建忠：〈《紅樓夢》「文化苦旅」的精神折射——兼談百二十回本研究的整體
性〉，《紅樓夢學刊》（2010 年第四輯），頁 141～142。

〔註36〕 孫偉科：〈紅樓美學闡釋〉，頁 103。

痛苦中解脫出來，而《紅樓夢》中的大觀園即是一個特殊的空間，讓眾女兒
們能在它的保護下，不受現實的侵擾，盡情發展藝術生活，獲得人生短暫的
喘息與快樂。「藝術不能改變這個世界，但一個人可以在大觀園的相對的寧靜
中為藝術而生存。」〔註 37〕藝術生活使《紅樓夢》人物自痛苦與無聊中得到
了另一種肯定自我存在的意義，因藝術而生存。以日常生活作為題材的文學
作品，在對日常生活進行現實主義的摹寫時，終將無法避免遭遇這樣一個矛
盾：一般日常生活的行為模式與個人對生活的期待是有落差的。在《紅樓夢》
的悲劇中隱藏的恰恰就是這樣一個不可調和的矛盾。〔註 38〕但這種矛盾可以
期待以藝術來消解：

> 對於日常生活悲劇而言，諸葛亮的神機妙算、李逵的板斧、孫悟空
> 的金箍棒都是無能為力的。在日常生活中開闢出一塊可給予人性人
> 情的自由空間，從而緩解一般行為圖式給生活主體製造的壓力，才
> 能夠使日常生活成為一種更為理想的生存領域。藝術活動正是提供
> 了這樣一種空間。〔註39〕

對日常生活而言，小說裡的神魔與奇蹟是無法解救人生現實悲劇的，因此開
闢一個自由的空間，使人得以略微任性發展，享受藝術生活，這樣就能夠紓
緩現實生活所帶來的壓力，使受限的日常生活變得相對理想而美好。《紅樓夢》
的大觀園就是這樣的一種存在，以此塑造一種令人艷羨的日常生活：一是使
藝術活動直接成為生活內容，二是將生活內容盡力藝術化。〔註40〕

　　大觀園的園林生活，其時間的流動是緩慢且不具緊迫感的，人們在遊園
賞景中樂不思蜀，留連忘返。他們在園中吟詩作賦，遊戲玩樂，忘卻了時間，
常常不分晝夜，通宵達旦地聚宴和賞玩風景，表現出園林生活的閒適性和消
遣性。〔註41〕能夠同時結合這些活動的起點便是詩社的成立。詩社是大觀園
藝術化生活的一大特色，詩社的活動除了在精神層面上能以詩陶冶美化生活

〔註37〕夏志清：〈紅樓夢裏的愛與憐憫〉，收錄於《紅樓夢藝術論》，頁 307。
〔註38〕艾秀梅：〈日常生活的悲劇與解救——論《紅樓夢》的悲劇主題〉，《南京師大
　　　　學報（社會科學版）》第 5 期（2005 年 9 月），頁 119。
〔註39〕艾秀梅：〈日常生活的悲劇與解救——論《紅樓夢》的悲劇主題〉，《南京師大
　　　　學報（社會科學版）》第 5 期，頁 121。
〔註40〕艾秀梅：〈日常生活的悲劇與解救——論《紅樓夢》的悲劇主題〉，《南京師大
　　　　學報（社會科學版）》第 5 期，頁 122。
〔註41〕張世君：〈《紅樓夢》的園林藝趣與文化意識〉，《紅樓夢學刊》（1995 年第二輯），
　　　　頁 300。

之外，在實際生活中一般還可結合聚宴、賞景、遊戲等藝術活動，帶領眾人走向歡愉的世界。例如第三十八回中，賈府賞桂花，湘雲作東道，先邀一社，在大觀園中大設螃蟹宴，只見眾人吃得不亦樂乎，主子丫鬟笑鬧不拘，寫詩的人各個自去找靈感：

> 林黛玉因不大吃酒，又不吃螃蟹，自命人撥了一個繡墩倚欄杆坐著，拿著釣竿釣魚。寶釵手裏拿著一枝桂花玩了一回，俯在窗檻上掐了桂蕊擲向水面，引得游魚浮上來唼喋。湘雲出一回神，又讓一回襲人等，又招呼山坡下的眾人只管放量吃。探春和李紈、惜春立在垂柳陰中看鷗鷺。迎春又獨在花陰下拿著花針穿茉莉花。寶玉又看了一回黛玉釣魚，一回又擠在寶釵旁邊說笑兩句，一回又看襲人等吃螃蟹，自己也陪她飲兩口酒。（頁 583）

如此自由又別具美感的生活，如何能憶起生活的痛苦與無聊呢，大觀園兒女們就在這藝術化的生活中拋卻痛苦，沉浸在藝術的氛圍裡悠遊，每個人以不再是現實宗法家族中的一個成員，彼此也無倫理稱謂的負累，而是單純為了藝術與美而存在的詩人。〔註42〕藝術生活帶來不同於世俗的審美眼光，世俗看似無用之物，在藝術的世界裡卻是珍寶，有其不可言喻的特殊立意存在，例如第四十回寫到眾人划船遊湖，看見湖中的殘破荷葉：

> 寶玉道：「這些破荷葉可恨，怎麼還不叫人來拔去。」寶釵笑道：「今年這幾日，何曾饒了這園子閒了，天天逛，哪裏還有叫人來收拾的工夫。」林黛玉道：「我最不喜歡李義山的詩，只喜他這一句：『留得殘荷聽雨聲』。偏你們又不留著殘荷了。」寶玉道：「果然好句，以後咱們就別叫人拔去了。」（頁 620～621）

殘荷在世俗中是無用之物，但在藝術世界裡，卻是聽雨的極致媒材，也只在這大觀園裡，才被留了下來，作為藝術生活的雅趣。大觀園裡的藝術生活可不都是這般斯斯文文，其中也有狂放的笑語戲謔，例如第四十二回，眾人聚集在惜春處，商討如何繪製大觀園之畫：

> 惜春道：「原說只畫這園子的，昨兒老太太又說，單畫園子成個房樣子了，叫連人都畫上，就像行樂圖似的才好。我又不會這工細樓臺，

〔註42〕《紅樓夢》第三十七回，黛玉道：「既然定要起詩社，咱們都是詩翁了，先把這些姐妹叔嫂的字樣改了才不俗。」李紈道：「極是，何不大家起個別號，彼此稱呼則雅。」（頁 559）

又不會畫，又不好駁回，正為這個為難呢。」黛玉道：「人物還容易，你草蟲上能不能？」李紈道：「你又說不通的話了，這個上頭哪裏又用得著草蟲？或者翎毛倒要點綴一兩樣。」黛玉笑道：「別的草蟲不畫罷了，昨兒『母蝗蟲』不畫上，豈不缺了典！」眾人聽了，又都笑起來。黛玉一面笑得兩手捧著胸口，一面說道：「你快畫罷，我連題跋都有了，起個名字，就叫作《攜蝗大嚼圖》。」眾人聽了越發哄然大笑，前仰後合。只聽「咕咚」一聲響，不知什麼倒了，急忙看時，原來是湘雲伏在椅子背兒上，那椅子原不曾放穩，被他全身伏著背子大笑，他又不提防，兩下裏錯了勁，向東一歪，連人帶椅都歪倒了，幸有板壁擋住，不曾落地。眾人一見，越發笑個不住。

（頁 652～653）

論畫原是極雅之事，但在黛玉促狹嘴調侃劉姥姥之下，引得眾人哄堂大笑，足見每人無不笑得前仰後合，湘雲竟連人帶椅歪倒一邊，如此熱鬧的氣氛足以一掃所有人在現實生活中的不快陰霾，盡情在藝術的世界裡感受笑鬧的歡愉。除此之外，大觀園的藝術生活有時還帶點人間煙火，例如第四十九回中，眾人在蘆雪庵集社，賞雪詠梅，擁爐作詩，寶玉、湘雲要來一塊鹿肉，就地燒烤，一夥人便湊在一處吃起來：

> 黛玉笑道：「哪裏找這一群花子去！罷了，罷了，今日蘆雪庵遭劫，生生被雲丫頭作踐了。我為蘆雪庵一大哭！」湘雲冷笑道：「你知道什麼！『是真名士自風流』，你們都是假清高，最可厭的。我們這會子腥膻，大吃大嚼，回來卻是錦心繡口。」（頁 755）

湘雲所言不假，詩社當天作的是即景聯句，她一人便共戰黛玉、寶釵、寶琴三人，眾人細細評論一回，獨湘雲的多，笑稱都是鹿肉的功勞。只是寶玉這次聯句又落了第，必得受罰，這罰也罰得有意思，李紈笑道：「我才看見櫳翠庵的紅梅有趣，我要折一枝來插瓶。可厭妙玉為人，我不理他。如今罰你去取一枝來。」眾人都道：「這罰得又雅又有趣。」寶玉也樂為，答應著就要走。（第五十回，頁 767～768）雖說是罰則，卻也如同藝術活動般充滿著雅趣，能讓罰的人樂，看的人樂，被罰的人也樂，著實是一件新奇的事。縱觀大觀園笑語盈耳的時刻，多半都與藝術活動的進行有關，藝術生活使眾人暫時脫離人生的苦痛與倦怠，獲得些微的喘息與自由，只是這樣的歡愉僅是短暫的，一旦結束後，每個人又得回頭去承擔人生的痛苦與無聊，如同叔本華的人生

悲劇論所言，人生的幸福僅具消極性，極其短暫，稍縱即逝，無論如何追求幸福，終究會回到痛苦。或許正因如此，才使藝術生活在人生中更顯得彌足珍貴，令人著迷。

第三節　永恆與美質的幻滅歷程

《紅樓夢》是一個充滿「美」的世界，其美好的程度往往讓人不忍看到它的毀滅，只是世上沒有常駐的事物，現在存在的，也許未來的某一日終會消逝，希冀得到永恆是不可能的，這也是人對生命的「有限性」所產生的焦慮。叔本華的人生悲劇論曾提到，人生是一種慢性的死亡，每分鐘每分鐘我們都距離死亡更加地靠近，雖然明知人生是有限的，但還是想抵抗這種有限性，這也是人生最大的悲劇。本節以此論為中心思想，論述《紅樓夢》對永恆的追求與對美的幻滅。

一、企求永恆的不可得

《紅樓夢》極力描寫日常瑣事，也不乏美好事物的展演，然而在這其中，卻無法抑制一股隱隱的哀傷襲來，「這種哀傷並非指向某一種現實人事的痛苦，而是對永恆的天地和時間之流中生命無法把握的深深惆悵。」〔註43〕這股哀傷的來源看似是宇宙間極大的命題，然而在《紅樓夢》裡卻是從瑣事中去體悟這種感受，〔註44〕寶玉對萬物的深情就常帶著這股遺憾：「想藉助情來和自然建立一種和諧、親切的關係並不能如願以償，他對花癡情，希望花能常開，但花卻難以常駐枝頭。」〔註45〕美好的生命難以常駐，永恆不可得，對事物是如此，對人亦復如此，「天下哪有個不散的筵席」、「樹倒猢猻散」是《紅樓夢》常見的兩句話，黛玉與寶玉也在日常生活的聚散中理出他們的道理：

> 林黛玉天性喜散不喜聚。她想的也有個道理，他說，「人有聚就有散，聚時歡喜，到散時豈不清冷？既清冷則生傷感，所以不如倒是不聚

〔註43〕李劍國、陳洪主編：《中國小說通史·清代卷》，頁1401。
〔註44〕因花月人事的無常而生悲憫、輕愁與寂寥，感發出對無窮宇宙中有限而又難以把握的人生的杳渺憂思。詳見李劍國、陳洪主編：《中國小說通史·清代卷》，頁1390。
〔註45〕孫遜、詹丹：〈曹雪芹審度人生的三個視點〉，收錄於孫遜：《紅樓夢探究》（臺北：大安出版社，1991年），頁38。

的好。比如那花開時令人愛慕，謝時則增惆悵，所以倒是不開的好。」
故此人以爲喜之時，他反以爲悲。那寶玉的情性只願常聚，生怕一
時散了添悲；那花只願常開，生怕一時謝了沒趣；只到筵散花謝，
雖有萬種悲傷，也就無可如何了。（第三十一回，頁484）

每回的聚散，只更加深人生無法獲得永恆的惆悵，所以黛玉寧可不聚，寶玉
害怕散了時的冷清，所以只願常聚，他們二人一喜散一喜聚，看似背道而馳，
事實上卻是存乎一心，他們同時都感知到人生無法企及永恆的那種無奈，只
是選擇了不同的形式去面對這樣的無奈，而寶玉只願常聚的一廂情願，往往
帶給他更深沉的哀傷，例如第七十八回中，寶玉在蘅蕪苑前眼看人去樓空：

寶玉聽了，怔了半天，因看著那院中的香藤異蔓，仍是翠翠青青，
忽比昨日好似改作淒涼了一般，更又添了傷感。默默出來，又見門
外的一條翠樾埭上也半日無人來往，不似當日各處房中丫鬟不約而
來者絡繹不絕。又俯身看那埭下之水，仍是溶溶脈脈的流將過去。
心下因想：「天地間竟有這樣無情的事！」悲感一番，忽又想到：「去
了司棋、入畫、芳官等五個；死了晴雯；今又去了寶釵等一處；迎
春雖尚未去，然連日也不見回來，且接連有媒人來求親：大約園中
之人，不久都要散的了。」（頁1235～1236）

大抵園中之人，不久都是要散的了，寶玉想這天地間竟有這樣「無情」的事，
對照昔日往來者絡繹不絕，眼下則顯得冷清寂寥，縱使煩惱也無濟於事，只
能留在內心悲感一番。「伴隨著寶玉的成長而產生的青春及生命流逝的哀感，
也並不全能歸諸社會的具體的因由，其中確實有根植於人類心靈深處的永恆
的迷惘，有一種形而上的哲理情思在內。」〔註46〕

上述談人間聚散，較偏向於人生空間的有限性，此外，人生對於時間的
有限性，焦慮可能更甚於此──因爲面對的是「死亡」的課題。《紅樓夢》中
談及死亡的情節，可被解釋作人生空幻的悲劇意識；從本質上來說，其一切
敘事的出發點並非生命的空幻，而是曾經真實存在過的生命的美好。對於生
命有限的意識會更突顯對世俗曾有過的美好的留戀之情、對人間生活的執
著，和時間流逝的敏感和感傷。〔註47〕從黛玉的〈葬花辭〉〔註48〕就能體會

〔註46〕李劍國、陳洪主編：《中國小說通史・清代卷》，頁1405。
〔註47〕顏嘉珍：《《紅樓夢》韻文意蘊之研究》，頁99～101。
〔註48〕詳見《紅樓夢》第二十七回：「滴翠亭楊妃戲彩蝶・埋香塚飛燕泣殘紅」。

這種時空的有限性已涉及人之存在的深刻問題，可見黛玉對時易、花落、人子的傷感惆悵中交織著對命運不測和死亡無情的雙重焦慮。這種對命運和死亡的的焦慮亦即對人的限定性的焦慮。〔註49〕死亡焦慮始於一個人察覺到時間存在的那一刻起，其最直接的根源便在於個體生命的短暫與有限。〔註50〕第三十六回中，寶玉有一段對於死亡的看法：「比如我此時若果有造化，該死於此時的，如今趁你們在，我就死了。再能夠你們哭我的眼淚流成大河，把我的屍首漂起來，送到那鴉雀不到的幽僻之處，隨風化了，自此再不要托生為人，就是我死的得時了。」（頁552）寶玉的這番死亡之說，自古以來前所未見，在他掀翻正統，表述這樣一種放僻詖詭的理論時，其實帶有對生命終將消亡的悲哀與惆悵，更有對以純潔女兒為代表的人生美好深深眷戀。〔註51〕寶玉的這番想法，雖有些厭世、悲觀，〔註52〕然而同時也是意欲追求永恆的一種表現：

> 諸如死後化煙化灰以及出家當和尚等等奇思異想與奇談怪論，看似是一種厭倦塵世的悲觀情緒，實際上，是以一種特殊的思維和特殊的表達方式，表現了渴望在與少女特別是與黛玉融為一體的瞬間中獲得永恆的精神寄託。現實之愛雖然橫遭摧折，瞬息即逝，但由這種愛昇華出來的精神是不死的：生命已不存在，軀體卻由少女的淚水漂到遙遠的地方。在寶玉的潛意識中，這種淚水正是生者對死者的感情昇華，而經過少女淚水洗禮的軀體，則象徵著死者的感情昇華。這兩種感情的昇華的結合，似乎便能將痛苦的瞬間轉化成自感幸福的永恆。〔註53〕

寶玉對死亡的奇特看法，是在時間的有限性之下所作的一種精神永恆的期盼，時間會消逝，少女會凋零，若能死於此時，得到少女的眼淚淨化自我的軀體，也可象徵他們再也不受時空限制，將永遠同在，因此死亡雖是一種毀

〔註49〕　成窮：《從《紅樓夢》看中國文化》（上海：三聯書店上海分店，1994年），頁82。

〔註50〕　饒慶道：〈化灰化煙隨風散——論賈寶玉的死亡意識〉，《紅樓夢學刊》（1995年第一輯），頁283。

〔註51〕　李劍國、陳洪主編：《中國小說通史·清代卷》，頁1390。

〔註52〕　一個最徹底的悲觀主義者往往是最熱愛生命的人。詳見饒慶道：〈化灰化煙隨風散——論賈寶玉的死亡意識〉，《紅樓夢學刊》，頁290。

〔註53〕　唐富齡：〈瞬間與永恆——四論《紅樓夢》的悲劇意識〉，《紅樓夢學刊》（2005年第一輯），頁19。

滅，有著悲哀與惆悵，然而以純潔少女爲代表的人生之美好，卻從此不朽，與自我共同昇華，成爲精神上的永恆。當然這只是寶玉的想像與期盼，現實中仍舊得面對永恆之不可得的惶惑與無奈。這種心情或是曹雪芹寫作《紅樓夢》的動機之一，也是構成《紅樓夢》悲劇意識的因素之一：

> 或者說，在曹雪芹的內省世界裏，有一種追求精神永恆的傾向，而他所面對的則是瞬息變幻的繁華與毀滅。他希望將這種所見所歷的瞬息悲歡離合昇華成爲精神的永恆，但他找不到恰當的轉化仲介和橋樑。於是，他困惑彷徨，痛苦地思索著，無可奈何地歎息著，左衝右突地追尋著。從一個側面來看，他的這種困惑、思索、歎息與追尋，正是構成《紅樓夢》悲劇意識的重要因素之一。〔註54〕

人生時空的有限性帶來許多的焦慮，背負感傷情緒的追憶之作《紅樓夢》，以深刻寫實的文字進行了一種人生如夢的思索，以及試圖表達由此昇華而來的悲劇意識。這種意識，與傳統文化中所說的時空無限及人生短暫渺小的哲思有相通之處。〔註55〕以有限對抗無限，一直是人類生命中的激情與脆弱，雖然明知不可爲，但還是竭力去碰撞，或許也得到了一些美麗的火花，然而這份美麗並不會走向永恆之路，這也是人生中最深沉的孤寂。

二、對美的感知與幻滅

孫遜認爲《紅樓夢》的主題是由三重層次所構成的，其中第一層次是文學審美層次，它的內涵是青春愛情和生命的美以及這種美的被燬滅。〔註56〕在《紅樓夢》中，這種人世之美好以及美的毀滅，常透過黛玉與寶玉的感知讓讀者深刻體會。「時間中的自然悲劇意識著重表現爲由落花落葉引起的傷春悲秋。春天到來，百花盛開，然而春暮有落花，它引起閨中女性對青春逝去的傷感。秋的來臨，意味著年歲過半，落花落葉提醒人們個體生命不可逆轉的生命本質，引起人們悲秋悲人的情感。」〔註57〕落葉落花的凋零，總是令

〔註54〕唐富齡：〈瞬間與永恆——四論《紅樓夢》的悲劇意識〉，《紅樓夢學刊》，頁13。

〔註55〕唐富齡：〈夢與醒——三論《紅樓夢》的悲劇意識〉，《紅樓夢學刊》（1997年第四輯），頁57。

〔註56〕第二層次是政治歷史層次，透過愛情婚姻悲劇及青春命運悲劇體現；第三層次是哲學最高層次，核心是對人生和社會經過深沉思考而得到的啓示和徹悟。詳見孫遜：《紅樓夢探究》，頁3。

〔註57〕張世君：〈《紅樓夢》的園林藝趣與文化意識〉，《紅樓夢學刊》，頁301。

人聯想到所有已逝的美好，因此大觀園中落紅成陣，就讓黛玉心有所感，為其拾起零落之殘紅，堆掩成塚，以辭淚悼，其實黛玉真正哀傷的，是一切美好所規避不了的死亡與毀滅：

> 雖然正值青春年華，但她看到了死亡，不只是自己的死亡，也有眾生的死亡，值此孤獨的時候，她以埋葬花的行動來消解，表現出她對美和生命的愛戀和惋惜；對於無可避免「花落人亡」生命結局，她用自我的意志和自我內部調整來盡力穩定；另一方面又讓自己藉由詩歌，表達自己不與現實妥協的矛盾衝突，強調乾乾淨淨、不隨波逐流、不為活著污穢自己或侮辱自己的堅持。〔註58〕

黛玉葬花的行動是對美和生命的愛戀與惋惜，並暗寓自己的「質本潔來還潔去」，這種對人的有限生命和人的命運的最深沉的傷感就像一聲悠長的嘆息，使全書充滿憂鬱的情調，彌漫著濃郁的詩意。〔註59〕世間所有的美好，最終都會歸於虛無幻滅之中，這最使人沮喪。〔註60〕黛玉悲戚的吟誦讓寶玉聽了不覺痴倒，也有了一番感悟：

> 不想寶玉在山坡上聽見是黛玉之聲，先不過點頭感嘆；次後聽到「儂今葬花人笑痴，他年葬儂知是誰」，「一朝春盡紅顏老，花落人亡兩不知」等句，不覺慟倒山坡之上，懷裏兜的落花撒了一地。試想林黛玉的花顏月貌，將來亦到無可尋覓之時，寧不心碎腸斷！既黛玉終歸無可尋覓之時，推之於他人，如寶釵、香菱、襲人等，亦可到無可尋覓之時矣。寶釵等終歸無可尋覓之時，則自己又安在哉？且自身尚不知何在何往，則斯處、斯園、斯花、斯柳，又不知當屬誰姓矣！因此，一而二，二而三，反復推求了去，真不知此時此際欲為何等蠢物，杳無所知，逃大造，出塵網，使可解釋這段悲傷。（第二十八回，頁433）

寶玉從落花聯想到大觀園眾女兒們的命運，同樣是美好的本質，終有一日也會有無可尋覓之時，如落花般地凋零、毀滅，令人湧起無以名狀的悲傷。「寶玉面對一個女孩時的典型感情是崇愛和憐憫──崇拜她表現的神聖之美和理解力，悲憫的是不久她必定被迫屈從於一種婚姻狀態和不可免的享受貪婪、

〔註58〕顏嘉珍：〈《紅樓夢》韻文意蘊之研究〉，頁97。
〔註59〕葉朗：〈《紅樓夢》意蘊〉，收錄於《紅樓夢十五講》，頁121。
〔註60〕林景蘇：《不離情色道真如──《紅樓夢》賈寶玉的情欲與悟道》，頁289。

嫉妒和毒惡之樂，這種神聖之美不久即完全失落。」〔註61〕因此寶玉不希望姐妹們出嫁，希望她們永保這種神聖單純的美。在寶玉的眼中，女兒青春的流逝，同時還意味著清澈的生命本質的喪失，意味著走向污濁，加入外界邪惡的世界，這更是一種悲劇。〔註62〕故每當寶玉想起女兒們終將告別美好本質，走入世俗婚姻，不禁悲從中來：

> 寶玉也正要去瞧林黛玉，便起身拄拐，辭了她們，從沁芳橋一帶堤上走來。只見柳垂金線，桃吐丹霞，山石之後，一株大杏樹，花已全落，葉稠陰翠，上面已結了豆子大小的許多小杏。寶玉因想道：「能病了幾天，竟把杏花辜負了！不覺倒『綠葉成陰子滿枝』了！」因此，仰望杏子不捨。又想起邢岫煙已擇了夫婿一事，雖說是男女大事，不可不行，但未免又少了一個好女兒。不過兩年，便也要「綠葉成陰子滿枝」了。再過幾日，這杏樹子落枝空，再幾年，岫煙也未免烏髮如銀，紅顏似槁了，因此不免傷心，只管對杏流淚嘆息。（第五十八回，頁906～907）

寶玉以最低的姿態去對待世界，因能看清世俗眼裡所謂無價值的生命（例如少女們的生命）其實最具價值，所以才對這些美好生命的毀滅、變質產生悲情——不是居高臨下的同情，而是自下而上的深敬、傷感、痛惜。〔註63〕

　　一個人的真情，在作者的眼中是無比美好的價值，因此情的消逝、情的毀滅往往讓人感到震撼與悲憫，例如寶玉與黛玉的愛情，他們以情抗禮，卻不敵禮治社會的力量，這份真情最終必須遭到毀滅。正因為有作者的「崇情」立場，所以情的毀滅、幻滅才具有了悲劇的價值。最後，就是用情、癡情、執於情，也成為必須放棄的選擇。〔註64〕所以黛玉以焚稿了斷痴情，寶玉棄絕世界以擔負起一個隱者的無感情。〔註65〕這種美好價值的毀滅，正足以激發讀者的哀傷與憐憫，使《紅樓夢》具有崇高悲壯的悲劇審美意義。

　　如果大觀園所代表的是一切的美好本質，那麼它的傾圮同時也意謂著所有美好本質的毀滅，大觀園的眾女子終究只能「千紅一哭」、「萬豔同悲」。第一百零二回中，探春許嫁，離家遠行，正是「三春去後諸芳盡」，荒蕪的大觀

〔註61〕夏志清：〈紅樓夢裏的愛與憐憫〉，收錄於《紅樓夢藝術論・甲編三種》，頁306。
〔註62〕李劍國、陳洪主編：《中國小說通史・清代卷》，頁1404。
〔註63〕劉再復：〈永遠的紅樓夢〉，收錄於《紅樓夢十五講》，頁359。
〔註64〕孫偉科：〈紅樓美學闡釋〉，頁97。
〔註65〕夏志清：〈紅樓夢裏的愛與憐憫〉，收錄於《紅樓夢藝術論・甲編三種》，頁312。

園、離散的眾女兒，滿目盡是淒涼：

> 先前眾姊妹們都住在大觀園中，後來賈妃薨後，也不修葺。到了寶
> 玉娶親，林黛玉一死，史湘雲回去，寶琴在家住著，園中人少，況
> 兼天氣寒冷，李紈姊妹、探春、惜春等俱挪回舊所。到了花朝月夕，
> 依舊相約頑耍。如今探春一去，寶玉病後不出屋門，益發沒有高興
> 的人了。所以園中寂寞，只有幾家看園的人住著，那日，尤氏過來
> 送探春起身，因天晚省得套車，便從前年在園裏開通寧府的那個便
> 門裏走過去了。覺得淒涼滿目，臺榭依然，女牆一帶都種作園地一
> 般，心中悵然如有所失。（頁1564）

在這裡《紅樓夢》讓讀者看到最殘忍的一面。大觀園最美好的時刻，也是眾
女兒最美好的時刻，如今再美好的人事物也抵不過現實的殘酷摧毀，美好的
存在必須付出代價，亦即走向毀滅。《紅樓夢》的悲劇性正在於此：作者提出
了一種審美理想，而這種審美理想在當時的社會條件下，是必然要遭到毀滅
的。簡而言之，本書即是一部描述美之毀滅的悲劇。〔註66〕家族由盛而衰，
眾人命運的敗亡，是《紅樓夢》的悲劇意識之一：

> 曹雪芹客觀地描寫了賈府由盛而衰以至於大廈傾頹的過程、人間女
> 兒國的滅亡、木石前盟的破滅。花柳繁華地，溫柔富貴鄉終於變成
> 了白茫茫大地真乾淨，真的善的美的都無可避免地走入悲劇結局。
> 這都充分證實了作者的悲劇意識。〔註67〕

不可避免的沒落、敗亡，充滿著感傷基調，真的、善的、美的都無可避免地
走入悲劇結局，末世的貴族的傾頹，女兒王國的瓦解，所有美的價值至此銷
毀，無從再現，無可挽回，只能跟隨作者在過往家世的變故中進行追憶，體
會人生悲劇無法避免之悲哀：

> 如果說，賈氏家族作為末世的腐朽事物的象徵，其毀滅的命運是必
> 然的，那麼，潔淨女兒作為青春、美、愛和一切有價值的事物的象
> 徵，其毀滅的命運也無法避免，就說明作者已清醒地意識到腐朽家
> 族連同其中的美好事物一同毀滅的悲劇已無可挽回，於是便以直面
> 人生的勇氣和徹底的悲劇意識，讓這個家族內的美與醜、善與惡最

〔註66〕 葉朗：〈《紅樓夢》的意蘊〉，收錄於《紅樓夢十五講》，頁117。
〔註67〕 韓軍：〈《紅樓夢》中頑石補天的象徵意義〉，《紅樓夢學刊》（2000年第一輯），
　　　　頁297。

後同歸於盡。〔註68〕

腐朽的末世家族，潔淨的青春與美，二者皆避免不了毀滅的命運，美醜、善惡同歸於盡，至此精神已無可寄託之處，最後只剩下對人生意義的質疑。「家族沒落、情感夭折和人生苦痛，共同構成了由時代、制度和文化折射出的整體悲劇，在這樣的大悲劇的震撼下，曹雪芹表達了夢醒後的徹悟，而徹悟的結果就是徹底的毀滅，用一切美的毀滅來證明封建制度、封建文化對生命的摧毀。」〔註69〕這也是《紅樓夢》作為一部悲劇，最無奈之嘆息。

小 結

本章嘗試以叔本華的人生悲劇論來論述《紅樓夢》中的人生悲劇。人本身看不見命運，也無力對抗命運，《紅樓夢》中太虛幻境的預言，其實就是一種如神諭般、無法違拗的命運預示，人只能不斷痛苦、掙扎，即使執著於所求；或想以反抗之意志來對抗命運；或無感於避免悲劇的預示，最終也都無法戰勝命運，逃離悲劇下場，徒留人生荒謬，宛如一夢的悲涼況味，只能沉溺於末世無可挽救的哀愁之中。

書中各類型女子的生命歷程，在某種程度上皆逃離不出痛苦的磨難。《紅樓夢》中的每個人痛苦於現實、厭棄著現實，卻又不得不生活於現實，從來就不能以真實的面貌去生活，表面熱鬧，背地裡卻孤獨焦慮，竭盡己力為了生存或達成自己的欲望。人生因欲求而痛苦著，但如果欲求被滿足，或者無所欲求，在新的欲求產生之前，過程陷於停頓，那麼生命將流於空虛無聊的境地。寶玉的生活沒有中心思想，精神世界無所依歸，有一部分的原因是源於在排除追求功名舉業的道路之後，尚未找到可以在傳統社會中立足的另一條道路。而其他賈府男眷們承受祖蔭，世襲官職，不必讀書求仕也無須擔憂物質生活的匱乏，他們的人生只能將這一分空虛寄託於無限制的物質享受和自我縱欲之中。

人生除了在痛苦和無聊間擺盪之外，藝術上的審美觀照，可讓人暫時從痛苦中解脫出來，而《紅樓夢》中的大觀園即是一個特殊的空間，讓眾女兒

〔註68〕 王穎：〈《紅樓夢》對才子佳人小說的借鑒與超越——從大團圓結局到萬豔同悲的悲劇意識〉，《紅樓夢學刊》（2005年第一輯），頁40～41。

〔註69〕 潘林：〈探析《紅樓夢》悲劇意識的四個層面〉，《青年文學家》（2009年第13期），頁16。

們能在它的保護下，不受現實的侵擾，盡情發展藝術生活，獲得人生短暫的喘息與快樂。然而人生的幸福極其短暫，稍縱即逝。《紅樓夢》是一個充滿「美」的世界，然而世上沒有常駐的事物，美會毀滅，人生不可能獲得永恆，時空的「有限性」帶來許多焦慮。這種美好價值的毀滅，正足以激發讀者的哀傷與憐憫，使《紅樓夢》具有崇高悲壯的悲劇審美意義。

第五章 《後紅樓夢》的補憾書寫

　　本章試從續書作品《後紅樓夢》來探討後世讀者對《紅樓夢》的詮釋與理解，並藉此驗證《紅樓夢》的悲劇性質。首先，自續書作者的補憾動機談起，論析續書產生的審美因素，並略述《紅樓夢》續書之概況，以首部紅樓續書《後紅樓夢》為例，闡發其成書緣由，印證續書作者對於原著的解讀與改寫意義。其次，專論《後紅樓夢》，探討該書如何翻轉《紅樓夢》之悲劇，如何化悲為喜、化殘缺於圓滿。為此，將就以下幾個面向來論述其翻轉之表現：於情節上，排除了所有造成悲劇的衝突根源，策略包含人物身世改寫、人物性格轉變等等；再者，以世俗價值為幸福的指標，仕途、婚姻、福祚，物質生活的滿足凌駕精神生活的追尋，藉此獲得平庸的快樂；此外，權貴勢力的轉移與權力象徵的改變亦是改悲劇為喜劇的重要策略，賈、史、王、薛四大家族與林府權勢之消長，是足以改變原著結局的重要著力點……，以上即為本章論述中心。

第一節 《後紅樓夢》的補憾書寫動機

一、產生續書的審美因素

　　歷來幾部古典長篇小說，在付梓之後皆陸續出現許多續書作品，《紅樓夢》便是其中的一個例子。本文所謂的「續書」，即以原書的某些情節、人物為緣起，進而沿原書脈絡作出延伸擴展，是一種與原書既相關聯，卻又不同的作品。〔註1〕若想以更具體、更細微的角度來分析續書之定義，尚可就其思想層

〔註1〕李忠昌：《古代小說續書漫話》（瀋陽：遼寧教育出版社，1992年），頁15。

面、內容層面、形式層面來討論：

> 何謂續書呢？續書是作家在前人小說著作基礎上進行增補刪改，人
> 物情節的延續生發。在思想上，它們是作家對原著的某種解讀；在
> 內容上，它們的人物情節與原作具有某種聯繫；在形式上，它們大
> 都仿效原著的題材類型、結構方式乃至表現手法。體現了對原著強
> 烈的參與意識。〔註2〕

由上述的定義可知，續書必有所本，基本上是續書作者根據原著小說加以改編、鋪演而成的「再創作」〔註3〕作品。以《紅樓夢》為例，我們不妨先將「續書作者」視為原著的「讀者」、「評論者」來看待，續書作者在「再創作」的過程中，其實有很大的一部分是在表達自己當「讀者」的意見，一方面也進行一種評論，進行自己對《紅樓夢》的詮釋，然後選擇以「小說」的形式來發表這些意見。〔註4〕如此，作為一名「續書作者」，其身分是複雜的，兼具「讀者」、「評論者」與「寫作者」的立場，致使續書本身就體現了讀者的「期待視野」〔註5〕。

　　西方文學批評理論在1960年代就注意到「讀者」與「作品」之間的微妙關係，興起一股「讀者反應理論」（Reader-Response Theories）的思潮〔註6〕，認為文學作品的意義取決於讀者個人的創造性闡釋，作品的意義實際上是讀者的「創造物」。〔註7〕在閱讀過程中，讀者多半會自覺地或不自覺地，以一己的知覺習慣、生活經驗、審美情感，去填補文本中存在的未定之域或空白，

〔註2〕段春旭：《中國古代長篇小說續書研究》（上海：上海三聯書店，2009年），頁4。

〔註3〕「再創作」是指作者根據舊有題材或民間素材，改變原來的情節布局或主題意旨，或對人物形象加以豐富，情節架構加以補充，後按自己的意識重新構擬作品。詳見林依璇：《無才可補天：紅樓夢續書研究》（臺北：文津出版社，1999年），頁23。

〔註4〕林依璇：《無才可補天：紅樓夢續書研究》，頁11。

〔註5〕「期待視野」，實際上是指讀者在接受文學作品時，已潛在的一種審美尺度，內在的審美標準。它潛移默化地影響著、制約著讀者的審美接受活動。詳見段春旭：〈接受美學與中國古典長篇小說續書〉，《福建師範大學學報》（哲學社會科學版）（2005年第2期），頁76。

〔註6〕此一潮流關注歷來研究較少的讀者及閱讀活動，關注文學作品的接受、反應、效果，關注作品與讀者之間的交流、溝通與互動。諸批評家思考文學中的讀者感受、意義闡釋和閱讀活動等問題，是一種以讀者為中心的批評方法。詳見龍協濤：《讀者反應理論》（臺北：揚智文化，1997年），頁4～5。

〔註7〕龍協濤：《讀者反應理論》，頁7。

恢復文本中被省略的內在邏輯聯繫。〔註8〕而讀者填補文本的同時，也會把某些新的審美價值屬性帶入作品，至於這些新的審美價值是否與原著的藝術價值協調，就得視「讀者」各自不同才識與歷練而定，可能增加整個作品的價值，也可能減少整個作品的價值。〔註9〕若根據「讀者反應理論」的觀點來看待續書，或許能幫助我們理解續書產出的部分緣由：身為原著「讀者」的續書作者，將自己對文本中所存在的未定之域或空白進行填補，只是具體訴諸於文字，成為一部與原著相關，卻又各自獨立的創作。

　　名著小說之所以能產出續書，背後有許多原因促成，根據學者的整理，大抵是：心理、政治、時代、審美、理論、道德、名利……等原因，〔註10〕本文將側重以心理因素、審美因素來論述《紅樓夢》何以能產出大量的續書來。為名著小說作續，可能會受著多種不同的創作心理的支配，其中一個較為普遍的心理原因，就是想要彌補原作留下來的缺憾。〔註11〕王國維曾說：「吾國人之精神，世間的也，樂天的也；故代表其精神之戲曲小說，無往而不著此樂天之色彩，始於悲者終於歡，始於離者終於合，始於困者終於亨，非是而欲饜閱者之心難矣。」〔註12〕此說明了一般世俗的讀者喜歡情節圓滿、果報分明的故事結局。然而，《紅樓夢》卻並非如此，以悲劇收場徒留許多憾恨，而這些缺憾，就促使續書作者根據自己的審美需求，出自一種彌補的創作心理來進行續書寫作，《紅樓夢》的續書大都有這種傾向。〔註13〕魯迅亦說：「《紅樓夢》續作大率承高鶚續書而更補其缺陷，結以『團圓』……故復有人不滿，奮起而補訂圓滿之。」〔註14〕也是秉持類似的論點，認為續書希冀一改原著之悲，轉而獲得圓滿的結局。總之，正因為《紅樓夢》的悲劇結局不符合人們的審美心理，從而才有了《紅樓夢》續書的大量「大團圓」結局來進行「圓

〔註8〕「讀者反應理論」將此現象稱之為「具體化活動」。詳見龍協濤：《讀者反應理論》，頁32～33。

〔註9〕龍協濤：《讀者反應理論》，頁34。

〔註10〕李忠昌：《古代小說續書漫話》，頁56～102。

〔註11〕薛巧英：〈《紅樓夢》續書與續書現象〉，《語文學刊》（2008年第7期），頁13。

〔註12〕王國維：《紅樓夢評論》（收錄於《紅樓夢藝術論·甲編三種》）（臺北：里仁書局，1984年），頁13。

〔註13〕陳會明：〈續書創作心理探因〉，《閩西職業大學學報》第3期（2000年，9月），頁31。

〔註14〕魯迅：《中國小說史論文集——《中國小說史略》及其他》（臺北：里仁書局，1992年），頁219。

夢」，以滿足廣大讀者及續書作者自我的心理需求。〔註15〕「圓夢」是續書作者一項頗為重要的創作動機，續書作者有感於原著中人物命運之悲涼，則借續書以矯正，彌補讀者之憾，它注重的是如何滿足讀者審美心理的愉悅。〔註16〕甚至在有些續書中的部分情節乍看來甚是荒唐，在此也可以理解成是一種人們文化心理上的理想式需求。〔註17〕

　　綜合上述，關於《紅樓夢》續書大量產出之探因，若就心理因素、審美因素層面而言，無非是出自一種彌補的心態，希望結局能圓滿，轉悲為喜，續書很大的功能可說是為了消解悲劇的，在這一點上續書作者與一般讀者的立場是一致的。然而，從另一個角度來省視這些現象，卻可印證一件事，亦即續書作者必須以「認定《紅樓夢》為一部悲劇」為前提，才能夠創作出以「補憾」為重要目的的續書作品：

> 所以無論是哪一種版本的續作，接受整體《紅樓夢》是一悲劇仍是所有續作者的前提，是在這前提之下，他們的感動力與現實生活中的閱讀相矛盾，不能夠接受才子佳人在歷經千萬內心與現實波折後無法結合的事實，所以要再續，與高鶚等人按曹雪芹所圖索驥是不同的，也就是說，這些作品的出現，是要「追尋」人生的美好，是個人生命美感的完全。〔註18〕

因此，多部《紅樓夢》續書都以「補憾」作為續寫的動機，可見得這些續書作者皆視《紅樓夢》為一部悲劇作品，為使結局圓滿，以符合傳統對小說結局的美好期待，往往著力於翻轉《紅樓夢》的悲劇性，可知續書作者並非完全想依據《紅樓夢》原著的脈絡來續寫，故與高鶚的作法是不太一樣的，他們反而更著重於對讀者或對自己進行療癒，一方面寄託人生的美好期待，一方面也希望能夠紓解在閱讀悲劇之後所帶來的緊張、痛苦等情緒：

> 以藝術鑑賞的角度說，藝術總是要給人以愉快和享受的。真正優秀的悲劇，也必然要給觀眾帶來美好的藝術享受。但是，悲劇的苦難和毀滅，畢竟會對人造成精神上和感情上的壓抑。如果這種壓抑超

〔註15〕郭素美：〈《紅樓夢》續書研究〉（南昌大學人文學院中文系碩士論文，2007年），頁16～17。
〔註16〕段春旭：〈接受美學與中國古典長篇小說續書〉，《福建師範大學學報》（哲學社會科學版），頁79。
〔註17〕李忠昌：《古代小說續書漫話》，頁62。
〔註18〕王佩琴：〈《紅樓夢》續書研究〉，《紅樓夢學刊》（1998第3輯），頁277。

過一定的限度，就會幾乎完全破壞藝術欣賞的樂趣，而成為一種單
純的苦痛。而以某種方式來沖淡或減輕一下悲劇的衝突和毀滅對觀
眾造成的過分的緊張、痛苦、壓抑、恐怖、戰慄等情緒，能使讀者
保持或恢復某種心理平衡，《紅樓夢》續書中的情節就有助於使讀者
從巨大的悲劇震懾中恢復過來，回復到感情的正常狀態。〔註19〕

　　《紅樓夢》續書的大量產生由多種因素造成，在審美層面上，每位讀者都
有自己對於《紅樓夢》的理解，以及自行填補、詮釋未定之域及空白的空間，
若就大批《紅樓夢》續書一改原書悲涼收場，盡書團圓之樂事的現象來觀察，
究其根柢，身為讀者的續書作者，大抵認為《紅樓夢》是一部悲劇，因感於原
著中濃厚的悲劇意識，或因此不平，或因此憐憫，由是振筆重續原著，希冀能
一圓一己之心目中所謂理想的「紅樓夢」，既療癒自我，也療癒世俗讀者，即
使看似並未深刻體會《紅樓夢》悲劇的意蘊與深度，然而卻也是續書作者歷經
閱讀的「具體化活動」〔註20〕之後所產生的「具體化型態」〔註21〕，從中也能
印證，作為一部悲劇的《紅樓夢》，對於後世所有的讀者而言，都是一場未竟
之夢。

二、《紅樓夢》續書之概況

　　自從程偉元、高鶚於乾隆五十六年（1791 年）刊印《紅樓夢》之後，最
晚於嘉慶元年（1796 年）即有第一部紅樓續書《後紅樓夢》出版，〔註22〕自
此開啟《紅樓夢》續書之盛況，其成書速度之快、完書數量之多，可謂歷來
小說之最。根據多位學者的整理，《紅樓夢》的續書約略有以下數目：

　　　孫楷第在《中國通俗小說書目》中著錄了十七種清代的《紅樓夢》
　　　續書，一粟在《紅樓夢書錄》中著錄了從清代至現代的《紅樓夢》
　　　續書三十二種，趙建忠在《紅樓夢續書研究》中著錄了從清代至當
　　　代的各類《紅樓夢》續書九十八種。而清代現存可見的《紅樓夢》

〔註19〕段春旭：〈接受美學與中國古典長篇小說續書〉，《福建師範大學學報》（哲學
　　　　社會科學版），頁 63。
〔註20〕「具體化活動」：讀者以一己之知覺習慣、生活經驗、審美情感去填補文本中
　　　　存在的未定之域或空白。詳見龍協濤：《讀者反應理論》，頁 32～33。
〔註21〕「具體化型態」：對文本進行個別閱讀後重建的產物。詳見龍協濤：《讀者反
　　　　應理論》，頁 32～33。
〔註22〕王旭川：《中國小說續書的歷史發展》（上海師範大學人文學院博士論文，2004
　　　　年），頁 106。

續書就有十三種之多。〔註23〕

此外，林依璇亦表列自清代、民國二代所能蒐羅之紅樓夢續書書目，其蒐羅的範圍較上述資料更廣，書目量亦十分龐大：

〈《紅樓夢》續書書目數量、出處簡表〉〔註24〕

續書數量	蒐集記錄者	書目出處
13 種	魯迅	《中國小說史略》
15 種 18 種	阿英	《小說四談》〈紅樓夢書目（簡目）〉 〈紅樓夢書目〉
15 種	崔溶澈	《清代紅學研究》
21 種	周汝昌等	《紅樓夢辭典》
21 種	歐陽健等	《中國通俗小說總目提要》
32 種	一粟	《紅樓夢書錄》
40 種	馮其庸等	《紅樓夢大辭典》
79 種	趙建忠	〈紅樓夢續書源流嬗變及其研究〉

《紅樓夢》自出版後便在清代引起一股熱潮，甚而有「開談不說《紅樓夢》，讀盡詩書也枉然」之說，從這股閱讀、談論的熱潮可知，《紅樓夢》擁有為數不少的讀者，而在這些讀者當中，有些人搖身一變成為續書作者，執筆寫下自己對於《紅樓夢》的理解與想像，因此也就出現了如此多種的續書得以問世。這些作品驗證了當時的《紅樓夢》熱，同時也作為《紅樓夢》評論的一種特殊形式。〔註25〕續書集團的產生有其來由，最基本的是，原著必須能被接受；此外，還須仰賴對原著的感動，才有書寫的動力：

> 在續的過程裏，我們可以發現「典範」的建立，至少在《紅樓夢》
> 初期閱讀階段，百二十回本的被接受度是很高的，因為了有個結
> 局本後，才有所謂續書集團的形成。而這也適足表明續作的作者
> 接受了原先的閱讀美學後有了感動力，而驅策他們的正是這股感
> 動。〔註26〕

〔註23〕王旭川：《中國小說續書的歷史發展》，頁106。
〔註24〕〈《紅樓夢》續書書目數量、出處簡表〉引自於林依璇：《無才可補天：紅樓夢續書研究》，頁11。
〔註25〕王旭川：《中國小說續書的歷史發展》，頁110。
〔註26〕王佩琴：〈《紅樓夢》續書研究〉，《紅樓夢學刊》，頁276。

身爲後世讀者的我們，亦能透過這些續書，去了解這個時期（清乾隆末到光緒末）的知識分子對《紅樓夢》所表現的思想精神與價值判斷的看法，以及他們所謂的生活爲何，並從整體續書中去覺察某一時期集體文人的價值觀與精神狀態。〔註27〕

　　多種的續書作品應該足以呈現多位續書作者不同的文學視野，儘管是類似的作品，差異性亦將或多或少存在，然而《紅樓夢》龐大的續書群卻不然，倒像是具有共識一般，費盡各種理由，只爲變換《紅樓夢》悲慘的白茫茫下場，一致期望寶玉、黛玉再度相見……，力挽《紅樓夢》的悲劇結尾，改成團圓歡笑。〔註28〕可以理解的是《紅樓夢》的悲劇情節的確帶給讀者太大的哀慟，因而徹底點引續書作者「圓夢」的欲望，莫不以續書來彌補前書之缺憾與不足，這特別是《紅樓夢》續書系列中較多小說續書的目的，這種一致的、企圖將悲劇變成喜劇的基本精神，我們或許可將之視爲彼時文人集體對《紅樓夢》的想法。〔註29〕

　　根據學者之整理研究，《紅樓夢》續書中，若依據續書作者對黛玉、寶釵的態度爲標準來看，約略可分爲三種模式，分別是揚黛抑釵類、揚釵抑黛類、釵黛並舉類。〔註30〕在揚黛抑釵類的續書中，情節上多安排黛玉死而復生，深具理家之才幹；林府後繼有人，家業重振。揚釵抑黛類的續書中，黛玉不再死而復生，通常透過轉生成爲另外一個人物，在書中亦非處於中心地位。釵黛並舉類的續書中，多以三界相通作爲敘述方式，並呈現帶有享樂、低俗色彩的人生觀。整體觀之，《紅樓夢》續書表達了一些共同的觀念，例如在愛情婚姻觀方面：

　　　　各類小說續書寫作的原因之一便是對《紅樓夢》偉大悲劇的修改意

〔註27〕王旭川：《中國小說續書的歷史發展》，頁110。

〔註28〕林依璇：《無才可補天：紅樓夢續書研究》，頁25。

〔註29〕王旭川：《中國小說續書的歷史發展》，頁108、168。

〔註30〕揚黛抑釵類：有逍遙子《後紅樓夢》、夢夢先生《紅樓圓夢》、歸鋤子《紅樓夢補》等作。

　　　　揚釵抑黛類：有海圃主人《續紅樓夢》、陳少海《紅樓複夢》、雲槎外史《紅樓夢影》等作。

　　　　釵黛並舉類：有秦子忱《續紅樓夢》、娜嬛山樵《補紅樓夢》、《增補紅樓夢》等作。

　　　　本文有關《紅樓夢》續書之三種模式之敘述，皆參酌自王旭川：《中國小說續書的歷史發展》，頁111～116。

願，特別是寶黛愛情悲劇，在使人感動與震撼的同時，也使一些人想再作續書，以沖淡其悲劇氣氛。而以喜劇來取而代之。各類續書不管其對釵黛的褒貶態度如何，在這一方面是基本相同的，那就是認為婚姻的基礎是各自的社會地位與家庭的物質條件。林黛玉與賈寶玉的愛情悲劇最根本的原因是林家的地位與賈府相差懸殊。因此，解決這一問題的最好辦法是使婚姻雙方門當戶對。第一部《紅樓夢》續書，逍遙子《後紅樓夢》在這方面最具代表性。這部小說的許多人物命運描寫成為以後較多續書的模式。〔註31〕

　　《紅樓夢》之各類續書在愛情婚姻觀的敘述上，多數嘗試以喜劇取代原著之悲劇氛圍，此一現象便很能夠解釋續書作為一種「補憾」書寫的存在，且無論續書作者的立場是擁林或擁薛，其改寫悲劇的基本立場是一致的，調和的方式即是以社會條件相當的婚姻關係作為翻轉悲劇的基礎，將所有不利於圓滿結局的因素予以排除，此一論點將在下節專文論述。

　　回到《紅樓夢》續書的整體來看，我們大致可從二方面來探究這些續書的內涵：一是對於原著的借鑒與繼承，一是對於原著的背逆。〔註32〕首先，續書作者在原著主題的解讀與模仿上，大概可以分為這幾類：例如將原著視為愛情小說，事實上有為數不少的續書延續這種觀點，亦將續書定調為寫情之作。再如將原著視為宣揚佛道思想、談論人生哲理的作品，此思維從個人或群體的形象視之，把握其悲劇趨向，寄寓了深刻渾厚的哲理意蘊。雖然續書作者能認識到原著的哲學意蘊，然而他們卻更多將之歸為佛道思想，甚至又過於闡發因果報應的觀念。再如將原著視為家庭倫理小說，抱持此論點的續書作者，其續書作品則多有宣揚倫理觀念，深具勸戒世人之用。其次，若就續書作者在原著之敘事藝術的仿擬上，則是顯著地表現在結構形式及詩化環境描寫的沿襲這兩方面。《紅樓夢》續書的作者確實能感受到《紅樓夢》中詩化的意境，且亦嚮往這種境界，故極力在續作中營造這種風格，儘管才情不若原著，但仍可看見續書作者在這方面上的努力。另外，《紅樓夢》續書也常描寫到書中人物創作詩句的情節，儘管這些詩作無法企及原著，但出自於

〔註31〕《紅樓夢》續書所表達的共同觀念，除愛情婚姻觀之外，尚有因果報應觀、商業經濟觀、科舉考試觀等，但上述諸項與本文主題較無關聯性，故不贅述，可詳見王旭川：《中國小說續書的歷史發展》，頁117～125。

〔註32〕本文有關《紅樓夢》續書對原著的借鑒及背逆之敘述，皆參酌自段春旭：《中國古代長篇小說續書研究》，頁35～65。

續書作者的補憾心理，詩作大都表現圓滿生活的平靜和樂，幾無哀音，意境上的深度也較為不足。至於就結構形式的仿擬方面來看，基本上所有的續書都承襲了《紅樓夢》的這種獨特的結構模式，即在書中構架了兩個世界——神話的世界與現實的世界，並且加以改造、發展。特別在現實世界的描寫上，續書多會安排主、副兩線，主線寫寶黛釵及眾女愛情美滿結局，副線寫賈府如何得到振興，其實從這個角度來觀察，仍然是一種翻轉《紅樓夢》的悲劇性，改以團圓收結的寫作概念。至於神話世界的描寫，相較於原著，描寫力度有些過大，不乏充斥離魂、鬼訴、托夢、轉生等情節，可感受到續書作者深受因果報應思想的影響。

根據學者探究，《紅樓夢》的悲劇性具有三重意義——時代悲劇、文化悲劇、人生悲劇：

> 第一，從題材的表層意義看，通過賈府興衰過程及寶、黛、釵的愛情悲劇寫時代悲劇；第二，從題材的深層意義看，是通過幾個女子的毀滅過程寫文化悲劇；第三，從題材的象徵意義看，則是通過由好到了、由色到空的變遷過程寫人生悲劇。〔註33〕

《紅樓夢》的悲劇一直是讀者深感憾恨之處，於是這種想要補償的心理便十分直截地反映在《紅樓夢》的續書上，因此續書中不乏以寄託續書作者理想生活的描寫，來改造個人心目中的《紅樓夢》。《紅樓夢》的續書在這方面的改寫上，主要表現在以大團圓結局來代替婚戀悲劇，以及以子孝妻賢、賈府重興來代替樹倒猢猻散的家族悲劇。例如《後紅樓夢》中黛玉死而復生，與寶玉終成眷屬，賈府亦藉助林府財力而重振興旺；《續紅樓夢》中寶黛二人在太虛幻境結為夫妻，雙雙還魂，寶玉高中進士，官至極品，世代簪纓不絕……。〔註34〕儘管諸多的《紅樓夢》續書雖情節有異，但總不離「使一切歸於圓滿」的中心思想。

三、《後紅樓夢》成書緣由

《紅樓夢》首部續書《後紅樓夢》的出現，為往後的紅樓續書風潮揭開序幕，也自然成為其他紅樓續作的樣板代表，自有其典範性作用，例如《後紅樓夢》把原著作者曹雪芹寫進了小說；開創一種以黛玉為賈家中心、寶玉

〔註33〕齊裕焜：《中國古代小說演變史》（敦煌文藝出版社，1990年），頁431。轉引自段春旭：《中國古代長篇小說續書研究》，頁49。

〔註34〕段春旭：《中國古代長篇小說續書研究》，頁50～53。

封官加爵且享齊人之福的情節模式，這種模式在其後諸多的紅樓續作中也幾乎都適用。〔註35〕儘管這些續書作品本身的文學價值無法與原著齊觀，然而續書中確實隱含著「讀者」（續書作者）對原著的詮釋觀點或者是撰寫續書的動機，而這些線索可以提供我們在解讀原著時，擁有較多元的視野。

《後紅樓夢》一書共三十回，清・逍遙子撰，託名曹雪芹，作於乾隆末、嘉慶元年間（1796 年）。有乾嘉間白紙本、本衙藏版本、宣統二年上海章福記石印本等。〔註36〕關於《後紅樓夢》的作者，常見的說法有三：

> 1、白雲外史；2、逍遙子；3、無名氏。姚燮《讀紅樓夢綱領》認為此書為白雲外史著，托名曹雪芹原稿。孫楷第《中國通俗小說書目》介紹此書時，則署為無名氏（托曹雪芹撰）。現在一般流行的本子署名為逍遙子，內容仍假託於曹雪芹所寫。〔註37〕

《後紅樓夢》的作者說法不一，有白雲外史、逍遙子、無名氏三說，其中又不乏託名為曹雪芹所著者，然若細讀《後紅樓夢》，不難發現無論在文字、意境、深度、風格上皆與曹氏大異其趣，而且遠遠追及不上，可知絕非出自曹氏手筆，古代學者亦深有此感，認為《後紅樓夢》乃假托曹氏所著：

> 裕瑞《棗窗閒筆》・《後紅樓夢》書後：「至於《後紅樓夢》三十回，又和詩等二回，則斷非雪芹筆，確為逍遙子偽托之作。」吳克歧《懺玉樓叢書提要》：「據逍遙子序稱，是書亦曹雪芹所作，並偽作曹家書以實之。考原書與此書文字之優劣懸殊，稍識之無者辨之，雖雪芹江郎才盡，亦不至如此。」〔註38〕

曹雪芹在《後紅樓夢》中除被假托為作者之外，更特殊的是，讓曹雪芹身為《後紅樓夢》中的一個小說人物，這種寫法也是《後紅樓夢》的創舉，帶有「以文為戲」的意味，頗有現代小說的「後設」（meta）精神，〔註39〕可視為

〔註35〕 胡衍南：〈論《紅樓夢》早期續書的承衍與改造〉，《國文學報》第五十一期（2012年 6 月），頁 186。

〔註36〕 王旭川：《中國小說續書的歷史發展》，頁 106。

〔註37〕 王媛：〈《後紅樓夢》平議〉，《求索》2005 年第 5 期，頁 149。

〔註38〕 轉引自段春旭：《中國古代長篇小說續書研究》，頁 257～258。

〔註39〕 「後設」為現代小說的觀念與技巧術語，被解釋為「這是一種以其他文學虛構作為對象的虛構，也就是說，這是一種後起的又超越於原有一切虛構之上的虛構。」見帕特里莎・渥厄（Patricia Waugh）著，錢競、劉雁濱譯：《後設小說：自我意識小說的理論與實踐》之「譯者的話」（臺北：駱駝出版社，1995年），頁 3。

是一種續寫的策略，這恐怕才是「曹雪芹」現身《後紅樓夢》中較爲實質的作用與意義。

至於署名爲《後紅樓夢》作者的白雲外史、逍遙子、無名氏等人，由於資料罕見，不易考證，也就無法做出定論，但無論作者是誰，從書中所呈現的內容來看，《後紅樓夢》的作者似乎很不滿意《紅樓夢》這種悲劇性的結局，儘管他一再聲稱《紅樓夢》久已膾炙人口，但還是要變千紅一哭、萬豔同悲的末世爲國泰民安的太平盛世。〔註40〕對於《後紅樓夢》的作者而言，《紅樓夢》的終極悲劇應是寶玉、黛玉無法結合，故《後紅樓夢》的成書動機很大一部分是爲了彌合這股遺憾，《後紅樓夢》的作者也把這樣的著作動機，直接在書中描述出來：

> 至全書以寶玉、黛玉爲主，轉將兩人拆開，令人怨恨萬端。正如地缺天傾，女媧難補。正是寶玉主意，央及曹雪芹編此奇文，壓倒古來情史，順便回護了自己逃走一節，不得已將兩個拐騙的僧道也說做仙佛一流。豈知他兩個作合成雙，夫榮妻貴，寶釵反作其次。直到曹雪芹全書脫稿，寶釵評論起來說：「你兩人享盡榮華，反使千秋萬古之人爲你兩人傷心墜淚，於心何安！」於是寶玉再請曹雪芹另編出《後紅樓夢》，將死生離合一段眞情，一字字直敘。雪芹亦義不容辭，此《後紅樓夢》之所爲續編也。（《後紅樓夢》第一回，頁 1～2）

這段文字雖虛構了賈寶玉與曹雪芹的互動情節，但實際上是揭示了《後紅樓夢》作者的寫作動機。從文中可見，續書作者傾向以寶玉、黛玉爲主線的思考模式，談及寶、黛二人的分離使讀者怨恨萬端，甚至讓千秋後世爲此二人傷心流淚，因此《後紅樓夢》便一改原著的悲憾，使其二人作合成雙，夫榮妻貴，有著圓滿的結合。書中極力描寫寶玉、黛玉死生離合的一段眞情如何轉悲爲喜，這同時也是《後紅樓夢》成書的一大動機。

《後紅樓夢》除了藉由虛構賈寶玉與曹雪芹之說，道出續書的寫作動機，甚至也虛構了《紅樓夢》的寫作動機：

> 黛玉笑道：「寶姐姐，你還沒知道，他半年來請曹雪芹先生幹的事呢，就把咱們家裏裏外外不拘什麼事情全個兒告訴了曹先生，連咱們小孩子時候玩兒的話也告訴了他，求他編什麼《紅樓夢》。就是寶玉說

〔註40〕王媛：〈《後紅樓夢》平議〉，《求索》2005年第5期，頁150～151。

的那曹先生也很頑，自己盤著腿，歪在炕上，口裏念著說著，幾個
小廝在旁邊寫著，一面寫一面抄，就編到一百二十回書。」（《後紅
樓夢》第二十回，頁2～3）

《後紅樓夢》中描述《紅樓夢》書成，黛玉、寶釵將《紅樓夢》閱覽品評一
番，最後藉由寶釵之口，道出《後紅樓夢》作者的寫作動機與續寫的方式：

> 寶釵道：「是便是了，只是你兩人享盡榮華。若這部書傳開了，反使
> 千秋萬古之人，爲你傷心流涕，於心何安。我的意思這《紅樓夢》
> 的後半段，也不用改它，也存它的眞面目，要得好再得續上些才好。」
> （《後紅樓夢》第二十回，頁4）

爲使寶玉、黛玉圓滿之創作動機前文已敘，不再贅述。此處值得觀察的是，《後
紅樓夢》作者將一百二十回的《紅樓夢》視爲一個完整的整體，這個部份是
不去作改動的（事實上也可能是無力改動），其續寫的接點便從第一百二十回
中寶玉與一僧一道飄然登岸而去開始敷演新事。《後紅樓夢》的成書，似爲彌
補原著寶玉、黛玉結局的遺憾，此應無疑義，而除了前文所論述的部分之外，
我們還可從以下《後紅樓夢》的情節，更進一步來證實這種說法：

> 雪芹應承了寶玉，回到書房。是夜夢游至一所天宮，一字兒排著，
> 一邊是離恨天，一邊是補恨天，都有玉榜金字。便有使女引他進去。
> 雪芹問知兩邊仙府系屬焦仲卿、蘭芝掌管，卻住在兩宮之中。大抵
> 的是有離必補的因果。雪芹到了殿上，拜謁了蘭芝夫人。蘭芝便道：
> 「焦卿赴會去了，請先生來卻有一番囑咐。從前愚夫婦死別生離，
> 人間都也曉得。到了同證仙果，卻虧了近日一位名公譜出一部《碧
> 落緣樂府》〔註41〕，世上方才得知。而今賈寶玉、林黛玉一事，先
> 生編出《紅樓夢》一書，眞個的言情第一，已經藏在離恨天宮。現
> 在要編後書，也是補恨天必收的冊府。」（《後紅樓夢》第一回，頁
> 2～3）

〔註41〕《碧落緣樂府》爲戲曲名，描述焦仲卿與劉蘭芝的故事。這齣戲也曾出現在
《後紅樓夢》中，第三十回寫到眾人爲曹雪芹回南餞別時，《碧落緣》是戲班
所表演的劇目之一：「黛玉就說道：『今日這個雅集，也算是古今第一了。昨
日戲班裏送上許多新戲的曲本來，好的也有，內有一部《碧落緣》，是南邊一
位名公新製的，填詞兒直到元人高妙處。這些班兒裏通沒有唱出來，倒是咱
們這些女孩兒學會了。今日且摘錦做幾折好不好？』合座都說好。文官等就
扮出來。這芳官羞羞澀澀扮這個蘭芝，十分摹神。（《後紅樓夢》第三十回，
頁14～15）

這段文字虛構曹雪芹應承賈寶玉作《後紅樓夢》時，當夜所作的一個夢，夢境中最爲特殊的是「補恨天」的設計：

> 「補恨」是相對於前書的「離恨」而言的，前夢中，警幻仙子住在離恨天宮，寶黛等一千人，全是在太虛幻境掛過號的。他們下凡歷世，註定成離恨的癡男怨女。《後夢》立願改悲劇爲大團圓，補恨是其題旨。所以《後紅樓夢》爲此特在開篇就點明此旨，並設置離恨天宮以爲預言。〔註42〕

引文中的「前書」意指《紅樓夢》，《紅樓夢》中有「離恨天」，而《後紅樓夢》便另立與之相對的「補恨天」，又把這段文字擺在第一回，更揭示了此部續書「補恨」的本質。在《後紅樓夢》中，《紅樓夢》一書收在「離恨天」，而《後紅樓夢》將收在「補恨天」，透過這樣的設計，這兩部書之間的關係已然表現得十分清楚，《後紅樓夢》確實爲補恨而作，爲補《紅樓夢》之餘恨：

> 這樣，從前夢黛玉離魂說來，又從離恨天至補恨書說得備細，如此將《後紅樓夢》題旨講述得再清楚不過了。此後又特別交代一句：「這曹雪芹就從離恨天進去，再從補恨天出來」，是爲強調續書是從離恨到補恨的翻轉。〔註43〕

虛構的夢境中，曹雪芹從離恨天進入，再從補恨天出來，也代表著《後紅樓夢》最終彌補了《紅樓夢》的悲劇，爲《紅樓夢》的悲劇進行了翻轉，從另一個角度而言，《紅樓夢》確實帶有悲劇色彩，所以才讓續書作者無不竭力改寫原著之悲，轉悲爲喜，同時從中也展現了他們對於《紅樓夢》的詮釋與理解。

第二節　《後紅樓夢》對《紅樓夢》悲劇之翻轉

　　本節以排除造成衝突之根源、回歸世俗的價值取向、權貴勢力的消長與質變三方面，論述《後紅樓夢》對《紅樓夢》悲劇之翻轉。

一、排除造成衝突之根源

　　上文已論及《後紅樓夢》認爲《紅樓夢》的最大悲劇在於寶玉、黛玉無法有情人終成眷屬，因此續書作者在改寫《紅樓夢》悲劇時，即以社會條件

〔註42〕張云：〈作爲首部續書的《後紅樓夢》〉，《紅樓夢學刊》2012年第四輯，頁272。
〔註43〕張云：〈作爲首部續書的《後紅樓夢》〉，《紅樓夢學刊》2012年第四輯，頁273。

相當的婚姻關係作爲翻轉悲劇的基礎，將所有不利於圓滿結局的因素予以排除。此一調和方式明顯透露出世俗婚姻觀極度向現實傾斜的一面，甚爲重視對方家庭的社會地位和經濟地位，這樣的觀念根深柢固，以致無現實社會基礎的兩情相悅只是一種理想，可能犧牲，可能摧毀，永遠不可能進到婚姻的現實圈裡來，所以黛玉失敗了，寶釵成功了。然而在《後紅樓夢》中，續書作者改變了黛玉的現實基礎，使原著中的「木石前盟」與「金玉姻緣」衝突不再，因爲黛玉也同時具備了「金玉姻緣」的正當性。〔註44〕黛玉復生時口中吐出一條金魚兒，與寶釵的金鎖一樣上頭有鐫字：「一面是兩行，是：『亦靈亦長，仙壽偕臧』，一面是三行：『一度災劫，二貫苿祿，三躍雲淵』。原來都是篆文。」(《後紅樓夢》第七回，頁11)」可見黛玉金魚兒上的字與寶玉玉上的字也成配對，具備了「金玉姻緣」的現實基礎，甚至還讓薛姨媽覺得黛玉的金魚兒比寶釵的金鎖更爲渾然天成：

> 薛姨媽終是箇老實人，又有了年紀，沉吟了一回，卻發出一番議論來，道：「卻也奇怪，你看這箇寶貝兒，我想起寶玉的那塊玉也有前二行，後三行，話語兒通也差不多。又是一箇是娘胎裏含出來的，一箇是棺材裏含出來的。這纔叫做玉配金，金配玉呢！我們寶丫頭的金鎖倒底是人工製造的，怎比得它天生的一對兒。不是我說，咱們這樣人家誰大誰小無非因親結親，更難得一床三好。又且這林姑娘也生來和我們寶丫頭好得很，我便要將這箇眞金眞玉的事情告訴你婆婆。」(《後紅樓夢》第七回，頁11～12)

黛玉的金魚兒在續書中比較像是一種象徵，象徵黛玉與寶玉的結合具有正當性，形勢上足與寶釵抗衡，爲世俗婚姻作鋪墊，不過單憑黛玉擁有金魚兒的條件尙不足以被賈府接受，成就寶黛「金玉姻緣」的眞正原因，其實在於林府的「金」。《後紅樓夢》中，黛玉有一位嗣兄林良玉，林良玉亦是名門之後（黛玉父親兄弟林如岳與南安郡王堂妹龍氏夫人之子），他重振林府家門，科舉高中進士，在財務上又資助了落敗的賈府應付許多窘境，因此賈府上上下下無不密謀寶玉與黛玉的婚事，事實上頗有取巧攀附林府壯勢、圖謀再興的

〔註44〕曹雪芹的寓意當聚焦在它們的區別之處，木石前盟，是天性的、自然的、感性的；而金玉良緣則是世俗的、社會的、理性的。續作者見不及此，故獨獨認同金玉良緣。似乎所有安排黛玉還魂或黛玉再世嫁寶玉的續書，都不願或不敢無視金玉良緣的存在。這金玉良緣似乎成了婚姻合法化的金字證書。見張云：〈作爲首部續書的《後紅樓夢》〉，《紅樓夢學刊》2012年第四輯，頁258。

意味，林賈聯姻也同時能爲原著中已落魄衰亡的賈府悲劇解套，成爲賈府重現富貴的契機。

在接受了原著中寶玉已娶寶釵的事實之下，續書裡若想讓寶玉與黛玉結親，首要面對的便是黛玉、寶釵的次序問題。《後紅樓夢》站在擁林的立場，想必其作者甚至是讀者應該都無法接受黛玉不爲正妻的結果，況且林府現時不僅與賈府平起平坐，甚至凌駕賈府之上，不可能讓黛玉屈居於下，因此黛玉與寶釵的次序問題遂成爲續書中寶玉與黛玉結親的最大矛盾。《後紅樓夢》最後並沒有解決這個矛盾，它採取打迷糊仗的方式把問題帶過：

> 從前老太太當著寶玉說，原說聘定的是林姑娘，到了拜堂進房還這麼說著。也曾叫上下人等大家齊聲傳說，說給寶玉聽，連丫頭也是雪雁兒。而今應了親事，自然過門的時候要請林姑娘穿戴著世襲榮國公夫人的冠服過來。現今出帖下定，先把祖上世襲的丹書鐵券、敕封誥命送過去爲信。將來薛氏奶奶原也一樣的有箇位置，總等寶玉自己的功名封蔭。寶玉的進步看來也不小。爲什麼呢。論起完親的次序來自然薛先林後。若追到結親的名號上，倒底林先薛後。又是老太太親口的吩咐，誰敢違他。（《後紅樓夢》第十二回，頁13～14）

根據《後紅樓夢》的這段話可以感覺到作者似乎想讓黛玉、寶釵同爲正妻，爲此試以一個弔詭的說詞使其合理化：以完親的次序來說，薛先林後；以結親的名號來說，林先薛後。此說讓黛玉、寶釵兩人都有成爲正妻的正當性，黛玉的部分還抬出賈母作背書，並以世襲誥命下定，風光程度似乎更勝寶釵。此說之後，《後紅樓夢》再也不曾提及名分問題，黛玉、寶釵和諧以對。或許續書作者無力解決這個矛盾，於是索性忽略問題實際的合理性，讓二人並列正妻。乍看之下黛玉、寶釵二人擁有一樣的位置，然而站在擁林立場的《後紅樓夢》，則確實將賈府主婦的位置給了黛玉。

黛玉在《後紅樓夢》中成爲賈府的主婦，擺脫原著中的孤高孱弱、多愁善感，搖身一變，憑著持有豐厚家產、理家才幹的女主人形象入主賈府核心，此一翻轉可說全爲世俗婚姻服務，有家財、能理家始終是賈府爲寶玉選擇婚配的重要考量，《後紅樓夢》的黛玉無論在身家背景或才華性情上的轉變，無疑完全向世俗需求靠攏，故終能獲得賈府青睞，與寶玉結爲連理，改寫了原著中「焚稿斷癡情」、「魂歸離恨天」的悲劇命運。

　　《後紅樓夢》的黛玉除了外在條件的改變之外，其內在「愛情觀」的變異更令原著黛玉的本色盡失。〔註45〕原著中黛玉將愛情視爲生命的唯一，常爲了寶玉周旋於衆女子的泛愛情事傷心嘔氣，也曾讓寶玉對她許下「弱水三千，只取一瓢」之誓……，這樣的黛玉在《後紅樓夢》中竟能不大理睬寶玉（無關乎吃醋嘔氣），與寶玉也不甚親近，談不上有什麼心靈層次的交流，並且接受寶玉擁有三妻四妾，彷彿理應如此，更與妻妾們起坐和諧、玩笑不拘……種種改寫實在令人無法與原著黛玉作聯想。例如有一回寶玉因在林府管家王元家園裡遊船采菱，不愼落水，腳發腫不能坐車，命人抬轎回瀟湘館：

> 那焙茗便依了寶玉，出了轎子，換上竹椅子，一直抬往瀟湘館來，叫李瑤先去通報。誰知瀟湘館的門兒關上了，李瑤隔著門告知緣故。碧漪便進去告訴黛玉，黛玉吩咐，叫送往別處去，不許開門。不一時寶玉到了，見不肯開門，便叫儘力打門。黛玉便走出來聽著，只聽見寶玉說道：「你們爲什麼不敢打門，等我自己來，你們也跟著，那瀟湘館的門兒就吃了虧了，便像擂鼓的一樣響起來。」黛玉又好氣又好笑，便想道：「硬硬朗朗的會打門，病也有限，等他到寶姐姐那邊鬧去。」便教著素芳說道：「姑娘睡久了，鑰匙兒收了上去，只好請到薛奶奶那邊去罷。」寶玉打了一會子，也沒法，便說：「咱們而今就抬往薛奶奶那邊去罷。」惹得一羣人遮著嘴暗笑，格支格支，重新將竹椅轎抬往寶釵處去。（《後紅樓夢》第二十六回，頁1～2）

原著的黛玉關心寶玉的身體健康，也曾爲寶玉挨打受重傷一事哭腫雙眼，然《後紅樓夢》的黛玉在寶玉腳傷前來瀟湘館之際，拒不開門，反讓寶玉自去找寶釵，這樣的情節令人感覺到黛玉對寶玉的態度異於原著頗大，或許在續書作者心目中黛玉、寶玉能夠獲得世俗婚姻就算圓滿，並不太在意二人情感上是否有心靈層次的交流。當黛玉的愛情觀不再執著於唯一時，與寶玉及衆女子產生衝突的理由便都不存在了，就某種角度而言，也未嘗不是讓黛玉從愛情的痛苦中解脫，徹底逃離情苦的折磨。原著中黛玉視愛情爲絕對、唯一，其實「視所愛爲宇宙的情愛，是令人畏懼的。」「因爲愛本來就是人天性裡具

〔註45〕衆多續書，不管是揚黛還是揚釵，通過對《紅樓夢》的喜劇改造，表現了他們對以家庭財富與地位爲基礎的封建婚姻制度的贊同與羨藍，而愛情因素在婚姻中已沒有任何價值，在續書中甚至連黛玉因愛情而產生的忌妒也不再出現，成爲一個恪守三從婦軌的典範。詳見王旭川：《中國小說續書的歷史發展》，頁117。

有渴慾的內驅力，現在更奮這強毅之心，以意識對這一股渴慾的力量再加以驅迫，而置自己生命的存在於不顧，這無疑的，是絕崖策馬，是自求毀滅於愛之中。」〔註46〕這種對愛情的執著曾爲黛玉迎來許多衝突與痛苦，反觀《後紅樓夢》的黛玉接受世俗的婚姻戀愛觀，不再爲情所苦，享受世俗幸福，終削弱原著黛玉卒爲情殤的悲劇色彩。

　　若從上述不再爲愛情執著，最終逃離情苦，削弱悲劇色彩的觀點來看，《後紅樓夢》中的寶玉也是一樣的。《後紅樓夢》對寶玉的改寫，簡而言之就是將其庸俗化了，寶玉與眾女子的互動不再像原著般具有哲學層次的精神意識，而是單純以戲謔、耍賴、滿足欲望爲要，雖仍鍾情黛玉，但也不見彼此交心的描寫，對黛玉的癡迷亦未有原著的細膩與深度，一逕走向庸俗化、幼稚化：

> 寶玉情癡，除去癡迷黛玉一心找她剖白、修好之外，凡事不聞不問，動輒悲不能禁，嬌弱柔順，一如前書一般善病好呆，也如前書一樣敏感馴從。但此書中，他的敏感並沒喚起精神的覺悟，也未給他帶來超出常人的洞察力。但是，寫出了他因「病」、「傻」而得福的幸運。〔註47〕

續書已不見寶玉的靈逸與悟性，人間世事的終須滅亡、女子們的美麗與哀愁……這些事再也不能觸動寶玉的靈魂，寶玉就如同世俗平庸的貴族子弟一般過享樂生活；進入官場擔任官職，也同時與家族和解，不再爲了讀書、功名等事起衝突；和妻妾們恣意嬉笑玩鬧，況且已與黛玉在家族的認可下結爲夫婦，也就無所謂的情苦，庸俗且安逸的人生將會持續下去，而寶玉也認同這樣的人生，因此續書的寶玉必然不會走上原著因情勘破世俗，選擇遁入佛門的末路，由此改寫了大眾讀者所以爲的悲劇下場。

　　最後兼談寶釵。寶釵在《後紅樓夢》中大致上倒是與原著維持類似的形象：大方敦厚、淡泊守分……，只是續書的描寫未若原著細膩，使寶釵的形象顯得有些過於表面化、理想化，從原著的細節裡可以感覺寶釵的大方敦厚、淡泊守分是經過人爲化的，可能預期達到某一些目標，或符合某一些期待等等，而續書中的寶釵卻是大方、淡泊而無求，不太符合一般的人性，例如黛玉一開始不願與寶玉結親，寶玉因而患了急病，此時寶釵竟每日拜禱賈母，

〔註46〕此二則引文皆引自樂蘅軍：《古典小說散論》（臺北：純文學出版社有限公司，1977年），頁198。
〔註47〕張云：〈作爲首部續書的《後紅樓夢》〉，《紅樓夢學刊》2012年第四輯，頁266。

希望此事圓全：

> 我那仁厚慈悲、有靈有感的老太太老祖宗，你在的時候這兩府裏若
> 大若小誰不陰著你老祖宗的福分兒？你老祖宗的仁心大量兒誰也不
> 感激。皇天也知道了你在先把寶玉這箇孫兒連心合命的，那麼樣疼
> 他。他孝敬著你什麼來？我這箇孫媳婦兒算什麼，你老祖宗偏選中
> 了，那麼樣疼我，教訓我，要了我過來。我那世裏與你有緣，疼到
> 這麼箇分兒。而今寶玉病到這箇分上，我知你老祖宗在陰空裏瞧見
> 了，心裏頭也不知怎樣的疼呢。你老祖宗有靈有感的送林姑娘回轉
> 來，交給她幫著寶玉興旺，這兩府裏誰不知道？我只求你老祖宗快
> 快的陰空保佑圓全了這件事情。寶玉也好了，你老祖宗的心事也完
> 了。你老祖宗在世為人，亡過為神，只可憐兒的，快快地圓全了。(《後
> 紅樓夢》第十一回，頁 10～11)

原著中寶釵心裡一直明白黛玉是自己成為寶二奶奶的最大競爭者，當她最終
成為寶玉的正妻，並以此優勢進到續書裡（上述引文談到寶釵也是賈母選中
的孫媳婦，續書中還描寫她最先產下一子），以傳統社會的眼光來看，寶釵的
地位應該是很難撼動的，此時賈政希望寶釵能接受黛玉以正妻的身分與寶玉
成親，寶釵竟也同意了，表面、私下都不見任何不滿的情緒或試圖阻撓的手
段，甚至拜求賈母成全此事，還是王夫人氣不過，帶著寶釵回薛家幾天。《後
紅樓夢》如此改寫寶釵的性格，讀者就感覺不出寶釵想爭取寶二奶奶的企圖
心，黛玉進門後，兩人相處也融洽，尤其黛玉還掌握賈府主婦的位置，寶釵
則無實務表現，其實原著中寶釵的理家才幹是比較外顯的。續書把寶釵如此
改寫，理應是為黛玉、寶玉圓滿結合的最終結局來服務，一旦寶釵還想穩固
寶二奶奶位置的一天，無可避免地，勢必會在黛玉、寶玉之間產生極大的矛
盾或引發衝突，於是作者索性讓寶釵徹底理想化，但同時也就沒有什麼其他
發揮的空間了。《後紅樓夢》排除任何不利於寶玉、黛玉結合的因素，經由人
物性格的改寫使衝突的根源不再存在，消弭由於衝突所帶來的悲劇情節，推
衍出圓滿且令讀者欣喜的完美收場。

二、回歸世俗的價值取向

世俗生活的價值追求常以獲得幸福為歸途，何謂幸福在一般人眼中大抵
會優先考量物質生活的滿足或社會關係良好，儘管庸俗，卻很實際，畢竟執

著自我理想、追求精神層次的超越、試探心靈刻度的承載底線……，這些事
有時會為人生帶來極大的痛苦，或與身旁衝突不斷，更令人沮喪的是，即使
奮不顧身，也未必迎來完美的結果，這也是《紅樓夢》中帶給讀者的無限憾
恨。因此，「續書對幸福感的認識，是建立在『福祿壽』的前提上，所以續書
寶玉不忌諱對大富大貴的追求，尋求美滿婚姻、成功的仕途、長生不死，永
享富貴，當是作者們現實社會觀點表達的具體之例。」〔註48〕《後紅樓夢》
中的人物擺脫了精神生活不順遂的痛苦，轉而對世俗生活投以極大的熱情，
以寶玉為例，作者把引渡的僧道妖魔化之後，〔註49〕寶玉得以還俗返家，即
使錯過會試場期，天子仍記得前科走失的第七名舉人賈寶玉，御賜進士，使
其參加殿試，受了翰林。然而寶玉在原著中豈不最厭官場俗務，如何能勝任？
作者仍舊成全了寶玉：「寶玉自從授了館職之後，也不能不謁師會友，偏是派
的教習儘著的送些詩賦課題過來。寶玉哪裏放在心上，無不過黛玉、寶釵替
他寫做而已。」（《後紅樓夢》第十九回，頁14）擁有了官職的頭銜，卻過著
往昔清閒的日子，且官職得來幸運、簡單，甚至平步青雲：

> 天子一見，先是這首詩，全說的敬天勤民、誠動神格，便就合了聖
> 心，到這一篇賦，雙管齊下、巧奪天孫。那字法全學二王，真箇飛
> 鳥依人，翩翩可愛。一時間各卷都完了，一總進呈，沒有一卷可以
> 比得上這一卷。天子就將寶玉這一卷定了箇一等第一名，其餘總歸
> 二等，……就將寶玉補了侍讀學士。（《後紅樓夢》第二十回，頁15
> ～16）

天子御製一首喜雨古風，命眾翰林和詩，寶玉的作品大受天子青睞，獲得高
升，此後又另有派定隨駕出差的機會，寶玉之仕途可謂亨通發達。不僅寶玉，
賈府上下也重回權貴之列，賈赦得了員外郎，賈政升了京畿道御史，且不斷
高升：

> 近年邊，一樣的祭宗祠、慶家宴，新正裏加倍地請年酒唱戲，說不
> 盡的富貴風流，恰好當今採訪聲名，確見得賈政居官端方清正，就
> 超陞了少司寇之職。新年上又添了些賀喜的酒筵，真箇錦上添花，

〔註48〕 林依璇：《無才可補天：紅樓夢續書研究》，頁190。
〔註49〕 《後紅樓夢》第一回：「至一僧一道，道即張道士徒弟德虛，僧即妖僧志九。
這德虛道士平日非為，被張道士革逐，遇著志九，傳授邪術。他兩人攝入生
魂，幻入夢境，隱身盜物，迷人本性。」

　　福祿胼集，合家大小不勝喜歡。（《後紅樓夢》第十七回，頁 13～14）
賈府復興，一派新氣象，年節裡洋溢著富貴氣息，福祿兼具，闔家歡喜，世
人夢寐以求的功名利祿落實在寶玉與賈府眾人上，具體化了世俗士人所一致
嚮往的青雲之夢，寶玉也在世俗功名中，與家族和解，從此不再矛盾。

　　科舉仕途之平順，獲得人生之「祿」；婚姻家庭之和樂，擁抱人生之「福」。
在《後紅樓夢》裡，寶玉的婚姻全為世俗的幸福觀點來服務，得以妻妾成群
並和諧以對，此中，愛情的專一並非值得追尋的價值，故從此不再有情苦，
再也沒有追尋不到的痛苦，而能協助家族獲取利益或展現權貴門面的婚姻才
是令人欣羨的永恆之道。寶玉在與黛玉成親之日，一起收了紫鵑、晴雯作偏
房：

> 眾賓客來到瀟湘館，見有三箇洞房，大家詫異。原來兩邊商議過，
> 恐怕黛玉性情古怪真箇的不肯同房，誤了好日，就算日後勸轉，總
> 不能應這箇吉辰，因此上想起紫鵑、晴雯都是偏房數內的，不如趁
> 這一日一總圓全。（《後紅樓夢》第十四回，頁 14）

一個瀟湘館裡已有三個洞房，黛玉之後還幫著寶玉向賈政、王夫人、寶釵討
鴛兒，事成寶玉也十分得意。或許續書作者認為，眾女子與寶玉的結合，對
彼此都是無上的幸福。除了婚配，續書作者也有意讓舊情之人與寶玉再續前
緣：

> 五兒道：「我告訴二爺，我的壽限原只這樣注定的，將這箇身子借給
> 晴雯，我卻跟了鴛鴦姐姐在宗祠內侍候老太太。而今妙師父已成了
> 妙靈佛了，也召了鴛鴦姐姐去做了神女，管那些忠孝節烈殉命的列
> 女冊籍。我伺候老太太，益發不能脫身。老太太將來也要到佛會裡
> 去的，常時也會著些真人講道。昨日說會著了一位蘭芝夫人，說算
> 定我同你前生前世做過一夜假夫妻，也要還了這一夕緣分。故此今
> 日晚上叫晴雯去伺候了老太太，換我過來，只不許我再見我媽。你
> 告訴我媽，他往後只將晴雯當了我，再不要想我。」（《後紅樓夢》
> 第二十一回，頁 8～9）

在《後紅樓夢》裡，五兒臨終，晴雯藉此托五兒的身子還陽，根據掌管離恨
天、補恨天的蘭芝夫人所言，五兒和寶玉前生前世做過一夜假夫妻，今生也
要還了這一夕緣分，因此五兒在某個夜裡遂與晴雯交換魂魄，與寶玉成就一
夜之好。五兒之外，與寶玉續前緣的尚有襲人：

寶玉也知道她的心裏，又見她可憐見的情形，一時間倒將要他告訴
史湘雲的話忘了，忽然間觸起前情，定要與他敘舊，就說道：「你要
不開了門，我就卸了衣站在這裏涼著。」這襲人雖與寶玉外面疏遠，
心裏卻照舊顧戀，一聞此言，心裏就疼著寶玉，也將黛玉、晴雯忘
記了，只說一句：「小祖宗何苦呢。」一手便開出門來。寶玉一進去，
便關上門，拉住他低低地笑著，告訴他一定要敘舊。襲人本來水性
楊花，又是幼交情重，如何不依。(《後紅樓夢》第二十四回，頁 5
～6）

襲人在《後紅樓夢》中淪為蔣玉菡為討好賈府的棋子，將她送回賈府，而寶
玉與襲人在原著中的情分自是不消說的，續書承繼這份舊情，使他們再續前
緣，不同於五兒的是，襲人在《後紅樓夢》中被定位為害死晴雯、黛玉的人，
備受奚落，因此續前緣一事暴露，還在瀟湘館掀起一陣大波瀾。原著中與寶
玉有特殊情分的女子，在續書裡以明媒正娶或露水姻緣的方式連結在一起，
使無憾恨。

在仕途、婚姻皆圓滿的情形下，再要追求的恐怕是長生不老了，然而生
命終有完結的一天，如何使福祚無限延續下去，或許便是寄望子嗣。《後紅樓
夢》裡寶釵已產下一子，名為芝哥；至於黛玉，則有得男的預言：

張梅隱道：「是了，是了，等我慢慢的講出來。為什麼呢，本卦上下
皆巽，難道不是箇雙木林。六爻皆變，該占之卦象詞是不用說了。
還有一箇道理，象象好得狠，卻不在本卦發動，定到之卦現出，恰
好是震，一索而得男，恭喜，恭喜，頭胎便舉的。這也通不算，明
明說一箇恐致福，也合的著大人恐懼戒警的致福根基，笑言啞啞，
難道不是一位小令孫。後有則也，你們裕後的法則原好。看到後面
去，阿嚄嚄了不得，震驚百里，公侯之封，以為祭主，重新出一位
國公。」(《後紅樓夢》第二十九回，頁 5）

賈政請來張梅隱為黛玉卜卦，竟卜出極好的卦象，黛玉不僅一舉得男，而且
此男未來將重回國公之列，亦即賈府之興旺指日可待，家族的福祚得以被延
續，甚至發揚光大。古時男子有力振家族的使命，而女子則能以婚姻保全家
族，例如原著的元妃，就是支持賈府位居權貴的重要倚仗，然元妃已逝，《後
紅樓夢》中便讓惜春來接替這個位置。天子偶然召見寶玉，問起大觀園的光
景，進呈了大觀園繪圖，原是惜春手筆，天子感興賞玩，盛讚「這丹青秀潤，

很有古人的法度兒」，惜春遂選入鳳藻宮供職：

> 到了入宮這日，說不盡的恩榮富貴。賈政便吩咐合家兩府都稱仲妃。
> 這仲妃爲人一切都像元妃，更還謙和節儉，詩禮之外，又善丹青，
> 十分稱旨，就襲了元妃封號，也晉封爲鳳藻宮尚書，加封賢德妃。(《後
> 紅樓夢》第二十二回，頁 11)

惜春襲了元妃封號，也晉封爲鳳藻宮尚書，加封賢德妃，賈府回復往昔之要
勢，不僅當代榮華已定，下一代亦有國公之才，如此光景應不但能使一般世
人視之爲人生的奢望，恐怕權貴之家也一心嚮往。

若說美滿的婚姻、成功的仕途、永享富貴是世俗追求幸福的價值所在，
此外如果還能目睹作惡之人受到果報那就更痛快了。《後紅樓夢》中，關於原
書的負面人物，「包括襲人、趙全等一來要遭受現世報應，二來又要作爲映襯
黛玉或賈家雍容大度的樣板，所以他們的報應多半點到爲止。如此一來，小
說的結尾不免是富貴榮華的高潮，提供讀者一個廉價的大團圓歡愉。」〔註50〕
黛玉在原著之死，《後紅樓夢》歸咎鳳姐、襲人，賈政尚此評說鳳姐：「畢竟
是她妒忌黛玉，只恐做了寶玉媳婦，便奪他這箇榮國府的賬房一席。故此暗
施毒計，活活地將黛玉氣死，順便又迎合了太太，娶了這箇寶釵過來，忠忠
厚厚，不管閒事，她便地久天長霸住這府。」(《後紅樓夢》第一回，頁 10～
11) 襲人後來服侍黛玉、晴雯，也著實忍氣吞聲，至於在原著裡不喜歡黛玉的
王夫人，續書裡則讓她受黛玉的氣：

> 從他回轉來，一直到而今，我只像添一位老太太似的。毅了，毅了，
> 我也算孝順過了……不過我從前忤逆了老太太，對不過老太太，現
> 世現報，再伺候一位小太太，往後的日子也長，不過叫我做一箇到
> 死方休的苦媳婦便了。(《後紅樓夢》第十三回，頁 3)

此外，在賈府落難時落井下石的孫紹祖與趙全，在續書中也接連受到果報：「孫
家也壞了事，家產也查抄入官。」(《後紅樓夢》第二十二回)「錦衣衛堂官趙
全犯了大不是，拿交刑部問明治罪，給發功臣之家爲奴。」(《後紅樓夢》第
十六回) 這些細節既與原著呼應，亦爲大團圓結局帶來額外的暢快。

《後紅樓夢》中的價值觀傾向世俗靠攏，人生的美好有所謂的標準答案，
無須摸索、衝撞、歷經痛苦，換言之，續書所營造的，是一種平庸的極樂生

〔註50〕 胡衍南：〈論《紅樓夢》早期續書的承衍與改造〉，《國文學報》第五十一期(2012
年 6 月)，頁 183。

活：

> 重視明確結果的續書，以爲讓寶玉實現世俗的幸福，將人生答案，
> 從追求心靈愉悅和感受藝術美感的精神層次，放諸道社會物質層次
> 去解決，就可以控制結局，故事能團圓打住。可嘆續書看不清《紅
> 樓夢》的抗辯與質疑精神，模糊藝術性的思考焦點，回復到世俗既
> 定又僵化的想法上。〔註51〕

物質層次可以簡單地回答許多問題，故續書的圓滿結局大多從這個層面入
手，由於精神層面的問題本就不易找出答案，即使有也大概是不盡圓滿的，
如果想追尋快樂結局，彌補原著遺憾，那麼回歸世俗物質取向的價值觀是比
較容易達成的，例如續書中的寶玉熱中功名，妻妾成群，這也是一般士子的
渴慕：

> 總之，這些一般的人在現實中難以得到的東西，在小說中一一都
> 實現了。在這個形象身上，寄託了所謂的「書中自有黃金屋，書
> 中自有千鍾祿，書中自有顏如玉」的幻想。可見，當時所有的續
> 書都不滿《紅樓夢》中寶玉的形象，而企圖予以重新設計。通過
> 這種重新的設計，我們看到的是這個平庸時代所體現的平庸的主
> 流精神。〔註52〕

續書對於寶玉的改造，基本上都投射了續書作者的想望，自古士人無不費盡
心思，希冀從功名中得到「黃金屋」、「千鍾祿」、「顏如玉」，那是他們所謂的
幸福標的，藉由改寫寶玉的形象，續書作者與眾人達成了一個關於功名美眷
而無關乎人生眞義的美妙綺夢，儘管太過平庸，也的確是平庸中的終極人生
喜劇。

三、權貴勢力的消長與質變

《紅樓夢》中以賈、史、王、薛四大家族爲全書之權力核心，四家關係
緊密，一榮皆榮，一損皆損，彼此以聯姻的方式鞏固權力與利益，基於這個
原因，使得原著在寶玉的婚事上，必須犧牲黛玉。《紅樓夢》的結局裡，此四
大家族皆已沒落，雖讓賈府隱含中興線索，但卻也尚未歸返榮景，因此《後
紅樓夢》在權力結構上仍有重新洗牌的空間。因此，定調爲寶玉、黛玉結合

〔註51〕林依璇：《無才可補天：紅樓夢續書研究》，頁192。
〔註52〕王旭川：《中國小說續書的歷史發展》，頁115～116。

而寫的《後紅樓夢》，將全書最核心的權力組織賦予黛玉所屬的林府，再循著林府帶旺賈府的途徑，為賈府復興找到著力點。換言之《後紅樓夢》的賈府之所以能夠復興，事實上完全仰賴林府的奧援，在寶玉、黛玉結合之前，賈府的經濟情況尚仍左支右絀：

> 倒也是箇時候了，多少空頭賬，璉兒只拿西間壁這所空房子抵當。
> 這房子原是一萬五千銀子抵上的，講回贖也久了。那房主到這時候
> 纏在那裏尋主顧，還說同這府裏一樣大小規模，要找給我們，好笑
> 不好笑？璉兒還逢人抵當，等這項出豁呢。（《後紅樓夢》第四回，
> 頁6）

賈府慘澹，欲以出售西間壁的一所空房子抵當，卻恰巧被黛玉的嗣兄良玉買下，此間壁走通一宅兩院，也為林、賈二府結盟立下天緣基礎。而在良玉巧助賈府的機緣之外，其實黛玉私心也有些想為賈府度過難關：

> 下午無事，心裏也替賈政想起這府裏艱難，也替賈政的言語差不多，
> 便想起自己五六十箇箱子裏原有一千多葉金在內，分開放下。聽紫
> 鵑說從前老太太吩咐，不要放在眼睛邊，交琥珀、平兒放在庫內。
> 如今別隻箱子分毫不動，只怕還在裏頭。（《後紅樓夢》第四回，頁7）

黛玉的有心無疑是賈府的契機，賈府的虧空已淪落到必須接受管家奴僕的代償才得以持衡，〔註53〕此時林府的財富，可說甘霖一般地澆熄了賈府的財務危機，事實上林府這麼出手後，林府、賈府的主從地位也就確立下來，這所謂擁有內外城多處銀樓銀號的「林千萬」，自此從寒門脫身：「真正一箇冷落門牆，一時間地運轉將起來，把榮寧兩府都壓倒了。」（《後紅樓夢》第五回，頁12）

　　賈府獲得林府挹注後，深知與林府結盟所代表的意義不僅只是復興賈府如此而已，或許可能超越以往的盛況，因此賈府便極力把握任何一個能與「林府」〔註54〕聯姻的機會，故寶玉、黛玉的結合不但符合了家族的期待，且更

〔註53〕賈璉道：「外面的賬目約有三千上下拖不過去，合上裏頭的一切總要七八千纏可敷衍。」賈政道：「這就難了。」賴升便打一千道：「奴才受主子恩典，兒子在任所寄到過年盤纏。奴才還穀澆裏，求老爺賞臉容奴才招架了外面的賬目。」賈政便歎口氣道：「怎樣奴才的錢也使起來。」（《後紅樓夢》第五回，頁9～10）

〔註54〕此處的「林府」可廣義視為林良玉與其結拜兄弟姜景星所組成的新興權貴。「這姜景星祖上也是箇世家，父親姜學誠做到翰林院庶子，年老回籍，夫妻雙亡，單留下景星一箇，家業很好，並無叔伯兄弟。」（《後紅樓夢》第八回，

加具有合理性，賈府甚至帶著強烈的動機，希冀攀附林府：

> 王夫人道：「老爺說序箇次序兒的話原也極是，林家外甥的親事原也
> 是箇時候了。憑怎麼樣他上頭沒有什麼人，你親舅舅原該拿箇主。
> 我倒想一想，現拿喜鸞孩子同這箇外甥，年紀也相當，人才也相配，
> 咱們何不親上做親，等他爺兒兩箇做了咱們家上下輩的女婿，這麼
> 着也慰了老太太的願，也稱了你子妹的情，你看怎着？」賈政點點
> 頭，道：「狠好，咱們而今就是了。」（《後紅樓夢》第八回，頁 10
> ～11）

王夫人表面念及親戚情分，想親上做親，實際是想藉此同享林府的榮貴，而
後，王夫人的義女喜鸞、喜鳳倒也真的分別與良玉、景星成親，「外面的人倒
也不替姜景星稱羨，倒羨慕賈政起來，說政老爺門楣到底高，一科兩箇鼎甲
都做了東床。」（《後紅樓夢》第十六回，頁 7～8）這段話甚至隱含了賈府高
攀的意味。

　　史、王、薛三家在《後紅樓夢》中被描述得較多的是薛家，史、王二府
的描述極少，影響力也趨於式微。薛家沒落，勢力大不如前，而林府的大門
門外蹲著兩個大石獅子，想其閥閱高華還在榮寧兩府之上。薛姨媽至林府看
戲，見林府盛景便不禁感傷嘆息：

> 薛姨媽就想起來道：「我們從前豪盛時候，本底兒原也趕不上這裏，
> 卻也還撐得起一箇門户。不料被蟠兒鬧了幾番，弄到這樣，要靠靠
> 女婿，那府裏的光景又不好得狠。偏偏的林家來到這裏旺得這麼樣，
> 我在這熱鬧叢裏好不淒惶兒。」（《後紅樓夢》第九回，頁14）

如此《後紅樓夢》的權力核心便落在林府無疑，賈府則藉由林府重返榮景：
卻說榮國府中，自從黛玉過門以後，「以此將典出去的產業，也都恢複過來，
榮國府依舊轟轟烈烈。」（《後紅樓夢》第十七回，頁 13）而此時林府、賈府
二者的「最大交集」及「共主」就是「黛玉」了，黛玉實質掌有林府、賈府
家務上的權柄，持家嚴謹分明，精細之處不讓鳳姐，例如黛玉在總理家務諸
事之前，就先對眾人立下十四條家規：

頁 1）
「這姜景星十四歲上就入了泮，名噪士林，屢試冠軍，共推名下之士。因與
良玉同學同榜，彼此俱無兄弟，就便八拜同盟結爲異姓骨肉。」（《後紅樓夢》
第八回，頁 2）
姜景星的加入使「林府」的聲勢更爲壯大，權力結構更加穩固。

到了第二日早上，黛玉先往上房請過安，就過來到議事廳上坐下。
先叫蔡良傳出規條去，共有十四條：

第一，兩府裏的奴才，子孫便做官，自己不許換名字受誥封，違了朝廷的制度。家常也不許違僭服色。進府來主子賞坐，只許拿箇墊子坐在地上，也要磕過頭謝了坐纔坐。

第二是家人們有敢假主子的名在外招搖撞騙，不論旁人告出、上頭訪聞，除即送官重治外，即將所有房業交上來。

第三是家人們親戚朋友不許混入冊籍，頂名當差，便有兒女出戶，不論批准沒批准，出去未出去，見了主子壞不得規矩。

第四是家人們一概布衣，不許綾羅綢緞，坐的車不許飛沿後擋車，牆門兒通改做兩扇門。

第五是家人們領的月米月錢，照舊加二倍支領，預支一月，不能多支，稍有預支，及經手人通同作弊，支一罰十。

第六是家人們婚喪一切事情，照舊加五倍支領，不許同事中鬮會拉扯及拉外賬。

第七是家人們上班時候，回話的所在，不許錯一刻，過一步，違者處四十板。

第八是家人們通報親友，不許疎慢，不許結交，違者處四十板。

第九是家人們買辦各賬，日有日總，月有月總，一總彙交總理蔡良，逐日送呈。

第十是家人們四季衣服，加倍賞給，不許典當借押。

第十一是家人們除有正經執事的，不許用三爺四爺，便是自己澆裏他也不許，現即查明攆出。

第十二，凡各庄各鋪各字號，有家人們的分例一總送到上頭，不許照舊按股派分，只揀出力輕重，隨時分別賞他，上頭也不留這一項的存餘，也逐年賞完了這一項。

第十三，家人們不許有分毫店賬，有一罰十。

第十四，家人們得了不是，不許同事代求，違者一同處治。

（《後紅樓夢》第十九回，頁7～9）

從立家規這件事可知黛玉儼然已是賈府新一代的女主人了，一旦掌握實權，就比較能夠貫徹自己的意志，不易輕言被犧牲，再加上續書作者已預設讓寶玉、黛玉收在圓滿結局的立場上，不會讓黛玉步上鳳姐的後塵，於是黛玉便更不可能落於悲劇的境地了。

　　賈、史、王、薛、林各府權勢大幅洗牌：林府崛起，帶旺賈府，史、王、薛家門不彰。另外還要稍稍提到的是賈府中的寧府。寧府在《後紅樓夢》裡絕少被提及，幾近邊緣化，偶而幾個人物，通常是女眷，會出現在賈府聚會當中，不過角色淪為襯底，沒有較為特殊的事件或場面，而男眷幾乎不曾出現在《後紅樓夢》筆下。避寫寧府事實上也是一種避開悲劇情節的方式。在《紅樓夢》中，凡與寧府相關的人事物，最後的景況大都十分悽慘，而賈府的衰頹，也是自寧府的墮落中漸漸走向毀滅一途：

> 惟獨在秦可卿的名下，冊詞和曲詞裡都寓有不同的意義，即是在冊詞中寫道：「漫言不肖皆榮出，造釁開端實在寧。」以及在曲詞中的這樣兩句：「箕裘頹墮皆從敬，家事消亡首罪寧。」前一句的意思清楚地告訴了我們，別以為不長進的東西都出自榮國府，造禍開端的其實是寧國府裡的人；後一句的解釋則是賈氏兒孫的不肖始於賈敬，賈府綱常頹墮，道德敗壞，應該歸罪於寧府。作者不惜一再地強調「實在寧」、「首罪寧」，已明明白白地交代了，賈府之所以沒落敗亡，罪魁禍首就是寧國府。如前所述，小說的主線之一是反映家族的興衰，則寧國府的存在實具有著非比尋常的意義。〔註55〕

原著寧府多是不長進之人，致使綱常頹墮，道德敗壞，是賈府敗亡的源頭，賈府一敗塗地，寧府難辭其咎。對於這樣一個充滿罪惡、引領賈府走向毀滅的寧府，在《後紅樓夢》裡徹底遭到忽視，續書作者完全遺忘寧府在賈府中其實也該有一些分量的，書中情節已不見寧府的細部描述，人物淪為背景，如此邊緣化寧府的作法似乎是想根絕以寧府為萬惡之源，牽引榮府、賈府迎向毀滅的途徑，於是賈府等同減少了一個汙穢、罪惡的入口，試圖留下長興的可能。

　　充滿骯髒、不堪的寧府，其會芳園竟也成了純淨美好的大觀園之建造根

〔註55〕陳美玲：《紅樓夢中的寧國府》，臺北：文津出版社有限公司，1999 年，頁 6～7。

基，此一大觀園在《紅樓夢》中是烏托邦世界的化身，〔註56〕然而理想世界始終不敵現實世界的摧毀，「這兩個世界的關係是動態的，而當這種動態關係發展到它的盡頭，紅樓夢的悲劇意識也就昇進到最高點。」〔註57〕大觀園的傾圮、崩解是《紅樓夢》的一大悲劇，它象徵理想在現實中必定要殞落，因為理想必須仰賴現實的餵養，當現實無法再支持下去時，理想只能幻滅，回歸現實：

> 紅樓夢這部小說主要是描寫一個理想世界的興起、發展及其最後的幻滅。但這個理想世界自始就和現實世界是分不開的：大觀園的乾淨本來就建築在會芳園的骯髒基礎之上。並且在大觀園的整個發展和破敗的過程之中，它也無時不在承受著園外一切骯髒力量的衝擊。乾淨既從骯髒而來，最後又無可奈何地要回到骯髒去。在我看來，這是紅樓夢的悲劇的中心意義，也是曹雪芹所見到的人間世的最大悲劇！〔註58〕

《後紅樓夢》中大觀園依然存在，黛玉仍住在瀟湘館裡，只是此時，黛玉已成為大觀園最富權力的人，兩府管家尚且不時來瀟湘館請黛玉裁奪家務。大觀園中以黛玉為中心，黛玉也是支配大觀園的人，於此大觀園較原著而言已改變了其理想本質，成為了一個權力的、現實的世界，這樣一個現實世界自然比理想世界容易生存下來，因此大觀園不會輕易毀滅，如此改變，雖已悖離原著中所賦予大觀園的象徵意義，但此法卻也讓大觀園留存下來，眾人依舊在裡頭生活，聚集著笑鬧，或許如此能夠彌補後世讀者對於大觀園殞落的憾恨吧。

小 結

　　古典名著小說多半都有續書產出，就續書作者的心理層面來看，常是想藉此彌補原著所留下來的缺憾，尤其像《紅樓夢》這樣一部留下太多遺憾的

〔註56〕曹雪芹在紅樓夢裡創造了兩個鮮明而對比的世界。這兩個世界，我想分別叫它們作烏托邦的世界和現實的世界。這兩個世界，落實到紅樓夢這部書中，便是大觀園的世界和現實的世界。詳見余英時：《紅樓夢的兩個世界》，（臺北：聯經出版事業股份有限公司，1978年），頁41。
〔註57〕余英時：《紅樓夢的兩個世界》，頁51。
〔註58〕余英時：《紅樓夢的兩個世界》，頁61。

著作，就促使續書作者根據自己的審美需求，出自一種彌補的創作心理來進行續書寫作。《紅樓夢》續書之盛，其成書速度之快、完書數量之多，可謂歷來小說之最，光清代現存可見的《紅樓夢》續書就有十三種之多，且不乏將結局改寫爲完美圓滿之作品。《紅樓夢》首部續書《後紅樓夢》有其典範性作用，該書直接描述其創作動機是爲了彌合寶玉、黛玉無法結合的遺憾。另外，寫在第一回的「補恨天」，又更揭示了此部續書「補恨」的本質。續書作者必須認定《紅樓夢》爲一部悲劇，才能夠創作出以「補憾」爲目的的作品。《後紅樓夢》認爲《紅樓夢》的最大悲劇在於寶玉、黛玉無法有情人終成眷屬，因此續書作者在改寫《紅樓夢》悲劇時，即以社會條件相當的婚姻關係作爲翻轉悲劇的基礎，將所有不利於圓滿結局的因素予以排除。《後紅樓夢》中，黛玉在身家背景或才華性情上的轉變，已向世俗需求靠攏，愛情觀不再執著於唯一，徹底逃離情苦的折磨；續書已不見寶玉的靈逸與悟性，一逕走向庸俗化、幼稚化；而寶釵的大方、淡泊，已不太符合人性，是爲避免在黛玉、寶玉之間產生極大的矛盾或引發衝突。《後紅樓夢》中的人物擺脫了精神生活不順遂的痛苦，轉而對世俗生活投以極大的熱情。寶玉官運亨通、妻妾和諧、子嗣成群、家門重振，展現平庸中的終極人生喜劇。黛玉嗣兄林良玉重振林府家勢，挹注賈府再興，林府儼然是新興崛起的權貴勢力，黛玉也較能貫徹一己之意志，不至淪於悲劇下場。充滿罪惡、引領賈府走向毀滅的寧府，在《後紅樓夢》裡徹底遭到邊緣化，應爲根絕賈府迎向毀滅的途徑。大觀園於續書中已改變了其理想世界的本質，而成爲一個權力的、現實的世界，現實世界自然比理想世界容易生存下來，因此大觀園不會輕易毀滅，眾人得以永享大觀園，不啻也是一個令人一心嚮往的完美境界。

第六章 結 論

　　本文嘗試回到自我閱讀《紅樓夢》的初衷，解答自身疑惑，在閱讀了《紅樓夢》之後，心中那股悵然所為何來？常見紅學評論視《紅樓夢》為悲劇作品，那麼「悲劇」是否即是湧現悵然之感的原由呢？《紅樓夢》究竟是不是「悲劇」作品，在某些學者的定義中仍有值得探討、爭議的空間，於是本文遂以西方悲劇理論作為論理根據，闡釋《紅樓夢》悲劇意識之呈現，使《紅樓夢》的悲劇意識得以更為具體清晰。此外，輔以《紅樓夢》之首部續書《後紅樓夢》作為對照，探討續書改寫的審美動機，續書的改寫表現了續書作者對《紅樓夢》悲劇的理解，因此存有對比之價值。

　　亞里斯多德是第一位將「悲劇」予以理論化的人，亞氏有系統地為悲劇定義、分析悲劇的六大要素等，在審美層面認為悲劇要能引發讀者觀眾憐憫或恐懼的情緒。從悲劇中所產生的憐憫，與一般同情或多愁善感不盡相同，悲劇讓人體悟到一種人生中的不確定感、無力感、有限性等，容易獲得共鳴。此外生活中的災難並不全然可以被納入悲劇的美學之中。悲劇中的恐懼來自一股令人畏懼的力量，這股力量或來自命運，可帶領精神層次邁向一個新的高度，甚至使人受到激勵或鼓舞，進而反抗這股力量。

　　卡爾・亞斯培以神話來詮釋悲劇，想像冥冥中有一股神祕力量決定所有的一切，這個「操縱者」，其實就是所謂的「命運」，而命運的內涵在悲劇中則常常以不同的神話形式出現，它可以是無法破除、代代相傳的家族罪孽，或是一種隱匿的詛咒，類似「神論」的作用，不容違抗。希臘悲劇反映了一種陰鬱的人生觀：人類孱弱無知，對手是嚴酷的眾神，以及無情而變化莫測的命運。

　　悲劇中的痛苦與邪惡，究竟是源自命運或性格，歷來各有不同的說法，莎士比亞的悲劇，偏向將苦難的原因歸咎於人物性格上的某些弱點；而易卜生的悲劇散發個人主義色彩，也視性格比命運重要；叔本華則認為寫出一種巨大的不幸，是悲劇裡唯一基本的東西，而不幸來自許多不同的途徑：一類是極惡之人肇禍，一類是盲目的命運使然，最後一類是由於劇中人物關係、地位的不同而造成對立與傷害，最後這一類最令人感到無可奈何。

　　矛盾衝突是悲劇的必然屬性之一，也是悲劇最普遍、最常見的基本方式。這種看法出自於黑格爾的戲劇理論，黑格爾談及悲劇的產生，乃由於兩種互不相容之倫理力量的衝突，在衝突悲劇的結局中，不是一方退讓即是二者毀滅，黑格爾將此稱之為「和解」，即通過代表片面理想的人物遭受痛苦或毀滅，從而達到一種和諧。此論用來理解小說人物們的種種衝突，有其可依循的脈絡以作分析，也能印證毀滅所造成的悲劇感。

　　根據黑格爾的悲劇理論，悲劇的形成源於「衝突」，人與人的衝突來自於不相容的兩股倫理力量的碰撞，直至一方的毀滅，或者兩敗俱傷才得以告終。本文以此為根據，著眼《紅樓夢》的悲劇如何在衝突中成型，最後達到「和解」的歷程。本文以群體的角度作為分類的依據，其代表的倫理力量也較有一致性。在分類上，論述男性與女性的衝突悲劇、上層與下層的衝突悲劇、榮府與寧府的衝突悲劇。男性與女性中，驗證愛情關係的衝突往往劇烈而且一致趨向毀滅，更能印證尼采所說的「愛的意志，那就是也要死亡的意志」。例如《紅樓夢》中的寶玉與黛玉、尤三姐與柳湘蓮、司棋與潘又安這三對；都為愛情的衝突付出毀滅的代價。而婚姻關係中的矛盾則因現實環境、家族利益而生，同樣無可避免地迎來悲劇結局，例如寶玉與寶釵、賈璉與鳳姐、賈蓉與秦可卿這三對，現實環境變幻莫測，家族力量無能久恃，即使風光一時也不代表永恆。上層與下層關係不對等，利益相左，衝突四起：不屈從命運的鴛鴦、擁有平等意志的晴雯、勇於抗拒權威的芳官、齡官、身分尷尬，不僧不俗的妙玉，這些社會底層的女子，其最終的下場仍不免令人可悲可嘆，讓人見識到上層殘忍、壓迫的一面，也為下層在反抗的過程中所呈現的一種追求人生美好理想的願力，感受到一股崇高壯美的審美感受。賈府是一個傳統又龐大的宗法體系，家族的人事關係錯綜複雜，糾葛極深：榮府與寧府貌合神離，兄弟姊娌各懷鬼胎，更有世上最污穢，只有石獅子乾淨的惡地與世上最美善，宛如樂園的大觀園淨土兩廂價值衝突。賈赦、賈政二房各行其政，

互生嫌隙，下一代的賈寶玉、賈環背後各有支持的力量，嫡庶矛盾不斷。然而在宗法家族崩解的時刻，所有族內引發悲劇衝突的動機就不復存在了，每人只能各尋後路，不管做何選擇，同樣無法走向毀滅或虛無的命運。

　　叔本華認爲悲劇表達人生的不幸與痛苦，而這些人生中的痛苦的來由，即是源於「意志」。「意志」在叔本華的理解中代表人類不可遏止的欲求，當人類一旦堅持滿足這些欲求時，就無可避免地帶來無盡的痛苦和災難。如果反向思考，當欲求滿足時，人類是否就得以獲得快樂，叔本華的回答是否定的，那只會流於無聊的境地之中。叔本華認爲「人生是在痛苦和無聊之間像鐘擺一樣的來回擺動著」，而人類也在「欲求－滿足－欲求」的痛苦循環中生存下去，但若能藉由藝術上的審美觀照，或出世精神的發揚，便可暫時從痛苦中解脫出來，得到短暫、易逝的幸福感。

　　《紅樓夢》中各類型女子的生命歷程，在某種程度上全皆逃離不出痛苦的磨難。每個人痛苦於現實、厭棄著現實，卻又不得不生活於現實，而且從來就不能以眞實的面貌去生活，表面看似華麗熱鬧，背地裡卻孤獨焦慮，竭盡一己之力只爲生存或滿足自己的欲望。人生因欲求而痛苦著，但如果欲求被滿足，或者無所欲求，在新的欲求產生之前，過程陷於停頓，那麼生命將流於空虛無聊的境地。例如寶玉的生活沒有中心思想，精神世界無所依歸，有一部分的原因是源於在排除追求功名舉業的道路之後，尚未找到可以在傳統社會中立足的另一條道路。而賈府其他男眷們承受祖蔭，世襲官職，不必讀書求仕，也無須擔憂物質生活的匱乏，他們的人生只能將這一分空虛寄託於無限制的物質享受和自我縱欲之中。人生除了在痛苦和無聊間擺盪之外，藝術上的審美觀照，可讓人暫時從痛苦中解脫出來，《紅樓夢》中的大觀園正是一個特殊的藝術空間，讓眾女兒們能在它的保護下，不受現實的侵擾，盡情發展藝術生活，獲得人生短暫的喘息與快樂。然而人生的幸福極其短暫，稍縱即逝，此亦符合叔本華人生悲劇論裡對幸福的悲觀與消極。

　　隨著歷史的演進與發展，人類同時也不斷地自覺悲劇意識，從人生對生命苦難、毀滅的恐懼與痛苦，逐漸形成人類意識中的悲劇意識，而正是在這種生命的悲劇意識驅使下，人類才產生超越死亡，追求永恆的舉動。人的生命本質就具有悲劇性，這種悲劇性通常表現在人類以有限的生命去超越無限、對抗無限的過程當中。而悲劇藝術代表對苦難人生的昇華，表現人類對苦難命運的抗爭，並透過悲劇人物的毀滅或死亡，否定悲劇的製造者，肯定

悲劇人物的悲劇精神。

人本身看不見命運，也無力對抗命運，《紅樓夢》中太虛幻境的預言，其實就是一種「神諭」，是一種無法違拗的命運預示，人只能依循著命運的預示走向終點，即使不斷痛苦、掙扎，即使執著於所求，即使想以反抗之意志來對抗命運，全皆無法逃離命運，《紅樓夢》人物多半如此，越是掙扎、計較，就越是令人感到人生之荒謬，即便命運給予了些許逃離悲劇的預示，人類依舊無感，最終也無能戰勝命運，逃離悲劇下場，徒留人生荒謬，悲涼如夢，只能沉溺於無可挽救的哀愁之中。《紅樓夢》是一個充滿「美」的世界，然而世上沒有常駐的事物，美會毀滅，人生不可能獲得永恆，時空的「有限性」帶來許多焦慮。這種美好價值的毀滅，正足以激發讀者的哀傷與憐憫，使《紅樓夢》具有崇高悲壯的悲劇審美意義。

著名的古典小說皆有續書產出，若就這些續書作者的心理層面來進行理解，續書作品的產出常常是想藉此彌補原著所留下來的缺憾，尤其像《紅樓夢》這樣一部留下太多遺憾的著作，就促使續書作者各自根據自己的審美需求，秉持一種彌補的創作心理來進行補憾的書寫。《紅樓夢》續書之盛，其成書速度之快、完書數量之多，可謂歷來小說之最，清代現存可見的《紅樓夢》續書就有十三種之多，不乏改寫成世俗所謂完美圓滿之作品。《紅樓夢》的首部續書《後紅樓夢》有其典範性作用，因此把它拿來作為與《紅樓夢》比較的對象。《後紅樓夢》直接於書中描述其創作動機，目的是為了彌合原著寶玉、黛玉無法結合的遺憾。另外，第一回提到的「補恨天」，又揭示了此部續書「補恨」的本質。續書作者為什麼將這樣的寫作視為「補憾」，事實上續書作者必須先認定《紅樓夢》為一部悲劇，才能夠創作出以「補憾」為目的的作品，從此處亦能印證《紅樓夢》的悲劇性。《後紅樓夢》認為《紅樓夢》的最大悲劇在於寶玉、黛玉無法有情人終成眷屬，因此續書作者在改寫《紅樓夢》悲劇時，即以社會條件相當的婚姻關係作為翻轉悲劇的基礎，將所有不利於圓滿結局的因素予以排除。《後紅樓夢》中，黛玉在身家背景及才華性情上已大為轉變，傾向於世俗需求靠攏，其愛情觀也不再執著於唯一，於視便能徹底逃離情苦的折磨。續書已不見原著寶玉的靈逸與悟性，只一逕地淪於庸俗與幼稚。而寶釵的大方淡泊，不似原著中充滿社會性的動機，而變得不太符合人性，這也是為避免寶釵在黛玉、寶玉之間產生極大的矛盾或引發衝突。《後紅樓夢》中的人物不再有精神生活不遂的痛苦，轉而對世俗生活投以極大的

熱情。寶玉已行走於一般世俗士人最渴望的路途上：官運亨通、妻妾和諧、子嗣成群、家門重振，展現平庸中的終極人生喜劇。黛玉不再孤身孑然，其嗣兄林良玉重振林府家勢，聲勢極大，甚而能挹注賈府再興，林府儼然是新興崛起的權貴勢力，在強大的家族力量支持下，黛玉也較能貫徹一己之意志，不至淪於悲劇下場。充滿罪惡、引領賈府走向毀滅的寧府，在《後紅樓夢》裡徹底遭到邊緣化，根絕賈府迎向毀滅的途徑。大觀園於續書中已不再具有理想世界的本質，轉而成為一個權力運轉、重視現實的中心，現實世界自然有其長久生存的有利條件，在產生質變後的大觀園不會輕易毀滅，因此眾人也不再有機會，對原著中曾經代表「美」的大觀園的毀滅而感到痛苦遺憾，眾人得以永享大觀園，在某種意義上拋開了時空的有限性，獲得一種假想的幸福感。

本文受限於筆者學力與時間之不足，尚未能將本論題作極為深入的探討，尤其筆者對西方戲劇理論與哲學理論學養的不足，致使本文之論述視野有所侷限，無法從根本的角度徹底審視理論與小說的內在關連，只能就筆者片面粗淺的理解來嘗試為此論題找出詮釋的方法與內涵，未來若有專精於西方戲劇理論與哲學理論的學者願投入此領域之研究，相信能帶來更深刻的發掘。紅學研究無限浩瀚，筆者僅跋涉了一小步，本文以簡單的角度去闡釋《紅樓夢》的悲劇意識，仍留下許多值得再深化的部分。作為一個喜歡《紅樓夢》的讀者而言，希冀紅學研究能夠在已有的基礎下，不斷與時俱進，最終使《紅樓夢》成為永恆不墜之文學經典象徵。

參考書目

一、專書

(一) 文本（依時代先後排列）

1. 〔清〕曹雪芹、高鶚原著，馮其庸等校注：《紅樓夢校注》，臺北：里仁書局，1984 年。

2. 〔清〕逍遙子原著，國立政治大學古典小說研究中心主編：《後紅樓夢》（明清善本小說叢刊初編第十輯煙粉小說（一）人情類～5.），臺北：天一出版社，1985 年。

(二) 近人論著（依作者姓氏筆劃排列）

1. 太愚：《紅樓夢人物論》，收錄於《紅樓夢藝術論・甲編三種》，臺北：里仁書局，1984 年。

2. 王志武：《紅樓夢人物衝突論》，陝西：陝西人民出版社，1985 年。

3. 王國維：《紅樓夢評論》，收錄於《紅樓夢藝術論・甲編三種》，臺北：里仁書局，1984 年。

4. 成窮：《從《紅樓夢》看中國文化》，上海：三聯書店上海分店，1994 年。

5. 朱光潛：《悲劇心理學》，臺北：駱駝出版社，1993 年。

6. 何永康：《紅樓美學》，山西：北岳文藝出版社，1991 年。

7. 余昭：《紅樓人物人格論解》，臺北：INK 印刻出版有限公司，2008 年。

8. 余英時：《紅樓夢的兩個世界》，臺北：聯經出版事業股份有限公司，1978 年。

9. 余國藩著，李奭學譯：《重讀石頭記：《紅樓夢》裡的情欲與虛構》，臺北：城邦文化事業股份有限公司麥田出版事業部，2004 年。

10. 吳功正：《小說美學》，江蘇：江蘇文藝出版社，1985 年。

11. 李希凡：《沉沙集——李希凡論紅樓夢及中國古典小說》，北京：文化藝術出版社，2005 年。

12. 李忠昌：《古代小說續書漫話》，瀋陽：遼寧教育出版社，1992 年。

13. 李劍國、陳洪主編：《中國小說通史‧清代卷》，北京：高等教育出版社，2007 年。

14. 周慶華：《紅樓搖夢》，臺北：里仁書局，2007 年。

15. 林依璇：《無才可補天：紅樓夢續書研究》，臺北：文津出版社，1999 年。

16. 林景蘇：《不離情色道真如——《紅樓夢》的情欲與悟道》，臺北：大安出版社，2005 年。

17. 邱紫華：《悲劇精神與民族意識》，武昌：華中師範大學出版社，1990 年。

18. 段春旭：《中國古代長篇小說續書研究》，上海：上海三聯書店，2009 年。

19. 夏志清：《中國古典小說導論》，安徽：安徽文藝出版社，1988 年。

20. 夏志清：《夏志清文學評論經典：愛情‧社會‧小說》，臺北：麥田出版‧城邦文化事業股份有限公司，2007 年。

21. 孫遜：《紅樓夢探究》，臺北：大安出版社，1991 年。

22. 徐志平、黃錦珠：《明清小說》，臺北：黎明文化事業股份有限公司，1997 年。

23. 張俊：《清代小說史》，浙江：浙江古籍出版社，1997 年。

24. 張華來：《漫說紅樓》，北京：人民文學出版社，1978 年。

25. 梁歸智：《石頭記探佚》，山西：山西教育出版社，1992 年。

26. 陳美玲：《紅樓夢中的寧國府》，臺北：文津出版社有限公司，1999 年。

27. 陳瑞秀：《說紅樓談三國》，臺北：文津出版社有限公司，2007 年。

28. 陳瘦竹、沈蔚德：《論悲劇與喜劇》，上海：上海文藝出版社，1983 年。

29. 詹丹：《紅樓夢與古代小說研究》，上海：東華大學出版社，2003 年。

30. 詹丹：《紅樓情榜》，臺北：時報文化出版企業股份有限公司，2004 年。

31. 趙凱：《悲劇與人類意識》，上海：學林出版社，2009 年。

32. 劉夢溪：《陳寅恪與紅樓夢》，臺北：風雲時代出版股份有限公司，2007 年。

33. 劉夢溪等著：《紅樓夢十五講》，北京：北京大學出版社，2007 年。

34. 樂蘅軍：《古典小說散論》，臺北：純文學出版社有限公司，1977 年。

35. 歐麗娟：《詩論紅樓夢》，臺北：里仁書局，2001 年。

36. 鄧安慶：《叔本華》，臺北：東大圖書股份有限公司，1998 年。

37. 魯迅：《中國小說史論文集──《中國小說史略》及其他》，臺北：里仁書局，1992年。

38. 龍協濤：《讀者反應理論》，臺北：揚智文化，1997年。

39. 譚邦和：《明清小說史》，上海：上海古籍出版社，2006年。

（三）外文譯著（依出版年代先後排列）

1. 卡爾・亞斯培（Karl Jaspers）著，葉頌姿譯：《悲劇之超越》，臺北：巨流圖書公司，1970年。

2. 尼采（Friedrich Wilhelm Nietzsche）著，林建國譯：《查拉圖斯特拉如是說》，臺北：長鯨出版社，1979年。

3. 叔本華（Arthur Schopenhauer）著，石冲白譯：《作爲意志和表象的世界》，北京：商務印書館，1982年。

4. 黑格爾（Georg Wilhelm Friedrich Hegel）著，朱孟實譯：《美學（四）》，臺北：里仁書局，1983年。

5. 帕特里莎・渥厄（Patricia Waugh）著，錢競、劉雁濱譯：《後設小說：自我意識小說的理論與實踐》，臺北：駱駝出版社，1995年。

6. 亞里斯多德（Aristoteles）著，陳中梅譯注：《詩學》，臺北：臺灣商務印書館股份有限公司，2001年。

二、學位論文（依作者姓氏筆劃排列）

1. 王旭川：〈中國小說續書的歷史發展〉，上海師範大學人文學院博士論文，2004年。

2. 李淑伸：〈紅樓夢與中國傳統審美觀知內在聯繫〉，國立成功大學藝術研究所碩士論文，2002年。

3. 孫偉科：〈紅樓美學闡釋〉，中國藝術學院博士論文，2007年。

4. 張美玲：〈《紅樓夢》的死亡覺知研究〉，國立高雄師範大學國文學系中國文學碩士論文，2009年。

5. 郭素美：〈《紅樓夢》續書研究〉，南昌大學人文學院中文系碩士論文，2007年。

6. 陳竣興：〈兼美論──《紅樓夢》人物關係研究〉，國立臺灣師範大學國文學系教學碩士班碩士論文，2009年。

7. 陳蓉萱：〈《紅樓夢》丫鬟析論──以重點人物爲主〉，國立台灣師範大學國文學系在職進修碩士班碩士論文，2008年。

8. 蔡靈美：〈《紅樓夢》悲劇層次探析〉，青海師範大學中國古代文學碩士論文，2008年。

9. 鄭文娟：〈《水滸傳》悲劇意識研究〉，國立高雄師範大學回流中文碩士班

碩士論文，2008 年。

10. 顏嘉珍：〈《紅樓夢》韻文意蘊之研究〉，國立高雄師範大學國文學系碩士論文，2006 年。

三、期刊論文（依作者姓氏筆劃排列）

（一）期刊論文

1. 王佩琴：〈《紅樓夢》續書研究〉，《紅樓夢學刊》1998 年第 3 輯。

2. 王媛：〈《後紅樓夢》平議〉，《求索》2005 年第 5 期。

3. 王穎：〈《紅樓夢》對才子佳人小說的借鑒與超越——從大團圓結局到萬豔同悲的悲劇意識〉，《紅樓夢學刊》2005 年第 1 輯。

4. 艾秀梅：〈日常生活的悲劇與解救——論《紅樓夢》的悲劇主題〉，《南京師大學報（社會科學版）》第 5 期，2005 年 9 月。

5. 金凡平：〈鏡花水月——《紅樓夢》寶黛情境的審美意蘊〉，《紅樓夢學刊》1998 年第 3 輯。

5. 侯迺慧：〈不用胡鬧了——《紅樓夢》荒誕意識的對反、超越與消解〉，《東華漢學》第 14 期，2011 年 12 月。

6. 段春旭：〈接受美學與中國古典長篇小說續書〉，《福建師範大學學報》（哲學社會科學版），2005 年第 2 期。

7. 胡衍南：〈論《紅樓夢》早期續書的承衍與改造〉，《國文學報》第五十一期，2012 年 6 月。

8. 唐富齡：〈夢與醒——三論《紅樓夢》的悲劇意識〉，《紅樓夢學刊》1997 年第 4 輯。

9. 唐富齡：〈瞬間與永恆——四論《紅樓夢》的悲劇意識〉，《紅樓夢學刊》2005 年第 1 輯。

10. 張云：〈作為首部續書的《後紅樓夢》〉，《紅樓夢學刊》2012 年第 4 輯。

11. 張世君：〈《紅樓夢》的園林藝趣與文化意識〉，《紅樓夢學刊》1995 年第 2 輯。

12. 張洪波：〈《紅樓夢》之整體「人情」：悲劇性、悖謬性的存在困境〉，《紅樓夢學刊》2004 年第 3 輯。

13. 曹金鐘：〈論《紅樓夢》的悲劇性〉，《紅樓夢學刊》1994 年第 4 輯。

14. 陳永宏、陳默：〈晴雯悲劇作為社會悲劇思考時的多層次文化意蘊〉，《紅樓夢學刊》1994 年第 3 輯。

15. 陳永宏：〈晴雯悲劇作為性格悲劇思考時的心理文化機制〉，《紅樓夢學刊》1997 年第 4 輯。

16. 陳會明：〈續書創作心理探因〉，《閩西職業大學學報》第 3 期，2000 年 9

月。

17. 廖咸浩：〈說淫：《紅樓夢》「悲劇」的後現代沉思〉，《中外文學》第二十二卷第 2 期，1993 年 7 月。

18. 趙建忠：〈《紅樓夢》「文化苦旅」的精神折射——兼談百二十回本研究的整體性〉，《紅樓夢學刊》2010 年第 4 輯。

19. 潘林：〈探析《紅樓夢》悲劇意識的四個層面〉，《青年文學家》2009 年第 13 期。

20. 薛巧英：〈《紅樓夢》續書與續書現象〉，《語文學刊》2008 年第 7 期。

21. 韓軍：〈《紅樓夢》中頑石補天的象徵意義〉，《紅樓夢學刊》2000 年第 1 輯。

22. 饒慶道：〈化灰化煙隨風散——論賈寶玉的死亡意識〉，《紅樓夢學刊》1995 年第 1 輯。

（二）論文集論文

1. 吳宏一：〈紅樓夢的悲劇精神〉，吳宏一等著：《紅樓夢的悲劇精神與喜劇意識》，（中國古典小說研究彙編 V.22～55，據上海華東師範大學圖書館港臺資料室複印件影印），臺北：天一出版社，1990 年。

2. 俞大綱：〈曹雪芹筆下的優人和優事〉，《紅樓夢藝術論‧甲編三種》，臺北：里仁書局，1984 年。

3. 夏志清著，何欣譯：〈紅樓夢裏的愛與憐憫〉，《紅樓夢藝術論‧甲編三種》，臺北：里仁書局，1984 年。

4. 徐訏：〈紅樓夢的藝術價值與小說裏的對白〉，《紅樓夢藝術論‧甲編三種》，臺北：里仁書局，1984 年。

5. 葉朗：〈《紅樓夢》的意蘊〉，劉夢溪等著：《紅樓夢十五講》，北京：北京大學出版社，2007 年。

6. 劉再復：〈永遠的《紅樓夢》〉，劉夢溪等著：《紅樓夢十五講》，北京：北京大學出版社，2007 年。